其实很美

捕捉印刷旅程沿途的风景

胡桂绵 著

经济管理出版社
ECONOMY & MANAGEMENT PUBLISHING HOUSE

图书在版编目（CIP）数据

其实很美：捕捉印刷旅程沿途的风景 / 胡桂绵著. — 北京：经理管理出版社，2012.12

ISBN 978-7-5096-2187-5

Ⅰ.①其… Ⅱ.①胡… Ⅲ.①散文集 — 中国 — 当代②随笔 — 作品集 — 中国 — 当代Ⅳ.① Ⅰ267

中国版本图书馆CIP数据核字（2012）第264797号

组稿编辑：申桂萍
责任编辑：杨国强
责任印制：黄　铄
责任校对：陈　颖

出版发行：经济管理出版社
　　　　　（北京市海淀区北蜂窝 8 号中雅大厦A座11层　100038）
网址：www.E-mp.com.cn
电话：(010)51915602
印刷：北京华联印刷有限公司
经销：新华书店
开本：720mm×1000mm/16
印张：15
字数：245千字
版次：2012年12月第1版　2012年12月第1次印刷
书号：ISBN 978-7-5096-2187-5
定价：45.00元

作者近照

源于心的灵性

认识桂绵的时间其实不长，但我很在乎这个"学生"——她以"老师"称呼我且一以贯之，你不接受倒显得不近人情了。学生有成就，老师与有荣焉。桂绵散文集《其实很美》出版，嘱我作序，此适例也。

初识桂绵是在她所在的公司。朋友约我一起去北京华联印刷有限公司。公司的规模不小，都是先进的海德堡印刷机械，宽敞明亮，管理井然有致。辟有公司内部的书法、摄影展览，颇有几分文化气息，看来公司是重视企业文化的。有作家胡桂绵者诞生在这里，完全合乎逻辑。

桂绵参与了我们的交谈。举止优雅、谈吐不俗，虽属初见，印象颇佳。这虽是个经营有道、改革有方的优秀企业，但毕竟是印刷企业，有传统企业的印痕和劳动密集型企业的特点。这样的企业管理需要的强度、力度似乎应该远远大于才华、技巧，企业的高层管理者应是强势的、粗犷的。桂绵的形象与气质实在与我想象中的大型印刷企业高层管理者的作派迥异其趣。她是新时期新企业富有新的教养新的风度新的语言的新的管理者形象。

她对写作的喜好、执着和业已达到的散文写作水平，在企业特别是在印刷企业中估计少有能望其项背者。传统的企业高层管理者一般是不屑于以写作者的身份亲身参与企业文化建设的，更不必说从文学的角度去观察、体验和表现生活的进程了。

　　工作在企业一线的这位女老总，称得上对她所在的企业和印刷行业有足够的认识和细致入微的体验。不因物欲，全为精神。诚于中而形诸外。她曾告诉我，20世纪80年代的女性大学毕业生在印刷业坚持20多年的，可谓凤毛麟角。像她这样的基础，如果早年果断"转型"，可以进入更好的行业，有更大的发展。她的坚持源于一份热爱、一种眼光、一种胸怀。目光短浅、见异思迁、这山看着那山高，很难成就一番事业。这种持之以恒、坚忍不拔、二十几年如一日的坚持性，使她得以全面、深刻、系统地了解企业的全部物质生产流程和企业从业者的丰富多彩而已变动不居的精神世界，从而获得取之不尽的宝贵的写作素材，使她有可能在广阔的企业文化天地，乃至文学创作天地大有作为。

　　印刷术是中国古代四大发明之一，印刷业在中国有悠久的历史，在文化的创造、积累和传播中建立了不朽的历史功勋，它是人类文明创造的整个链条中不可或缺的一环，离开印刷出版业，人类社会将会变得一片昏暗。可是当下有多少人在热心地、有效地传播这样的理念和蕴蓄其中的传统民族文化呢？桂绵通过工作上接触的形形色色的人物、事件，热情地、富于魅力地传递着印刷业"其实很美"这样的企业文化理念，让人感觉到中国当下的印刷业其实也是一个值得关注、值得欣赏、值得歌颂的五彩缤纷的世界。

桂绵可能不是第一个，也未必是成就最大者，却是重要的一个有见识、有激情、有文采的歌咏并非万众瞩目却为万众所需的中国印刷业的成千上万从业者的心志、智慧和力量的卓越的歌者。

于繁杂、辛苦的工作之余，桂绵不屈不饶，不断地借助写作开拓着自己的生活，充实着自己的内心，丰富着自己的思想，锤炼着自己的文学才华。置身于"很美"的事业，从事着"很美"的故事的捕捉和描写，她要求自己也有"很美"的形象。这使她的个体存在和她的生活环境呈现出一种自然而和谐的状态，相互依存，相互激发，互为表里，相得益彰。桂绵的人格和文格是统一和谐的，这可以保证她的创作会在长足的发展中逐渐形成自己的风格，而不至于乘兴而起，随风而逝，昙花一现，或是与他人之作难于区分，毫无特色。

值得赞赏的，还有她对生活潇洒、豁达的态度。她把人生看作一次旅行，旅行就是沿途观看风景。遭遇粗劣之地，可忽略不计，掉头不顾，有意化解之；邂逅美好之景，则及时记录，先行把玩，后传于他人。有时某些寻常景致，经过她理性的光照和感情的濡染，也变得生机勃勃，甚至带有某些哲理、某种诗意了。这是一种举重若轻、顺乎自然、艺术化的生存境界，一种自觉自励的将生活转化为艺术的文学修炼！

桂绵的行文，确乎是散文笔墨，舒缓细腻，优美流畅，娓娓道来，涉笔成趣，盖出于其对事业和生活的执着、欣赏和平静而独特的认知。阅读桂绵散文让人觉得真实而温暖，细腻而从容，清爽且畅快。有的作家偏重于作品之深刻，桂绵更着意于作品之优美，两种不同的创作个性，都能给人阅读之快感。

　　永不骄傲，永在追求，既重自然又求圆满的人生信念；贯通企业上下的较高的职业层次带来的观察之便；在认真学习、思考、写作中日益充盈起来的写作灵性；注重于同时观照事物之外在形式与内在意义这种形象思维的训练，凡此，让我相信桂绵除了可以继续获得事业的成功，更会不断攀登文学创作的一个个高地。

　　阅读桂绵的散文，你对"作家是怎么诞生的"或许会有新的感悟。你会觉得企业文化与文学创作之间实际上并不存在一条不可逾越的鸿沟。文学，来源于心的灵性，然而又不止于此。

冯立三
2012 年 11 月 25 日

　　（冯立三，山东昌乐人。1964 年毕业于北京师范学院中文系，中国作家协会全国名誉委员，山东旅京作家联谊会会长，历任《光明日报》文艺部评论组组长、中华文学基金会副总干事《小说选刊》主编。文学编辑家、文学评论家、作家、诗人。）

捕捉沿途的风景

　　人生就是一次旅行。既是旅行，就要经历锁定目标的跋山涉水，还要因为山花野草而顿足；既是旅行，除了登上泰山之巅一览众山，也要踏进乡郊田野悉听鸟鸣。只要你的心灵随着身体在游动而不是单等着"下车拍照"，总有一些风景引你驻足，让你禁不住按下手中的快门。旅行结束时，你会惊奇地发现，沿途的景致竟然不逊于山顶的风光。

　　在北京乃至全国的城市工业中，印刷是个特别不起眼的行业。纵然每个人的日常生活都离不开各式各样的印刷品，如书籍、产品包装、宣传招贴，但看到这些，人们极少会直接联想到印刷，即使被吸引，第一反应也是来自对设计的欣赏。印刷就是这么一个尴尬的社会角色，提上桌面时冠冕堂皇，放到一边时不足挂齿。

　　踏入印刷这行并非自己的意愿，而是高考服从分配的结果。据说，大学印刷专业的学生目前大部分还是这么调剂过来的，可见印刷的"人缘"并不怎么好。我从业的20多年中，同行的战友换了一茬又一茬，因辛苦难熬、寂寞难耐而改行的人不胜枚举。

在我眼中，外人看来毫无新意甚至满地油污的印刷业，不乏鲜活灵动的景致：黄品青黑的色彩变幻，油水相斥的印刷原理，匪夷所思的开本尺寸，精益求精的技术工人，这些吸引了我，支撑着我乐此不疲地在印刷天地里奔波，支撑着我坚持到了今天。

其实，不论听起来多么体面的职业，具体到某个岗位大都是重复的、枯燥的，如果不在其中投入情感，身与心貌合神离，一定会魂不守舍，更无从谈及从工作中获得快感。不如用欣赏的眼光、用感恩的心态去观察和品味周围的事物，你会觉得印刷业风景独好。

旅行还没有结束，暂且把我已经走过的历程中沿途的美景用拙劣的笔端描述出来，请朋友们分享我的那份沉醉、那份快感。

胡柱纬

2012年11月18日

目录

斯人轶事

诗情盎然

金色十年

斯人轶事

工作和生活一定要接触一些人，而每个人身上都有闪光的东西。我尝试用欣赏的眼光看待别人，发现这样能够使自己十分愉悦和快乐。

成于细节 成于责任

此文是"早年"的拙作，真的有些不敢正视它。只字未改地放在第一篇，是为了在之后看到自己进步的步伐有多大，并以此揭开印刷"很美"的面纱……

在筹备华联印刷的"中华印刷之光掠影展"期间，恰逢中国印刷博物馆的三位元老级前辈——武文祥理事长、何远裕老师和魏志刚老师为改进博物馆展品陈列布局之事聚首京城。于是我不揣冒昧，去电话向他们求教如何办好"掠影展"。令我大喜过望的是，三位前辈闻讯后一致表示办展存意高远，理应鼎力相助、劳怨不辞。

与武文祥理事长通电话的第二天，他因要出国参加亚洲印刷技术论坛年会，特意将我求教的事情委托了何远裕老师，我立即与何老师见面并请教。何老师对中国印刷历史和文化的理解和熟悉程度令我惊异和叹服，他提出的许多建议让我常有茅塞顿开之感，也使原以为去博物馆转过几圈就已熟知印刷历史的我颇觉惭愧。见面后的第二天，他便约了魏志刚老师，对我提出的布展设想进行了更细致的推敲。根据推敲、改进后的设想，尚需增加一些实物展品，我们商定先到旧货市场采购一部分。

随后的一天是周六，一大早，我们如约在潘家园碰头。原本相约8:00见面，但魏老师7:00即已到达。等我们见面时，他早已逛了一大圈，并有了一大书包的收获。看着我们诧异的表情，魏老师说：这是一个可以学到很多东西、淘到很多宝贝的地方。接着由魏老师当"向导"，我们一行人开始"淘宝"。魏老师当"向导"真是名实相称，他带我们走总能直奔目标，所到之处，摊位上的摊主们都能立刻认出魏老师。一看这情形就知道魏老师因为博物馆的建设已然成为了这里的老主顾。

"淘宝"行程一结束，我们就直奔公司，在布展现场开始继续工作。两位前辈首先关注的是展品选择，对如何能够在有限的空间展出有代表性的展品进行斟酌和处理；而针对华联印刷的特定展出环境，两位前辈提出要打破常规做法，采用多一点的说明文字，让更多的普通人从为数不多的展品中了解相关历史背景并受到启发。

何老师对每一件展品的说明文字都进行了审读和修改，他甚至特地翻阅和通读了大量资料，对展示王选院士业绩的展品说明文字进行润色。通过与两位前辈的工作接触，我得知他们10年前为博物馆建馆付出了数不尽的汗水和辛劳，感受到了他们对弘扬印刷文明的强烈社会责任感和执着无怨的追求，心底涌出无限敬意。

在整个准备过程中，魏老师拿出了好几件藏品充实展览内容。在最后阶段，由于展品在布置过程中有所调整，空余出了一个展架，还需补充内容。我再次致电求教于魏志刚老师，他马上带着可能用得上的自己珍藏的古书找到我并商量解决办法，在极短的时间内确定了新的补充方案，使问题迎刃而解。这种立即行动、一丝不苟的态度使我深受感动和鼓舞。

武文祥理事长回国后的第一件事就是向我了解布展准备的情况。他说，华联印刷的这次展览作为国内印刷企业的一个创举，对普及印刷历史和传播印刷文明意义重大，要力争一炮打响，使展览内容成为中国印刷发展史的一个缩影。

了解完布展进程后，他对展出方案和展品进行了调整和充实，提供了《金刚经》等具有说服力和代表性的展品，并策划了台北故宫博物院部分藏画复制品的展出方案，提供了在国内鲜为一见的珍贵展品。其原作的珍贵价值加之完美的复制技术，增加了文化氛围，为"中国印刷之光掠影展"绘上了点睛之笔。

在筹备初期，我把办展想得异常简单，当时考虑怎样都不可能全面，就存有"能找到什么就展什么"的心理。因此，我并没有做详细的策划方案。在几次参观印刷博物馆后，脑子里有了一些零星的想法时，就开始准备展品和查找相关的文字资料。

"工欲善其事，必先利其器"，这是武理事长得知我没有做详细的策划方案后对我的谆谆教诲。当我集中精力将展览方案写出来时，我惊奇地发现，自己的思路开始清晰了，贯穿整个展览的中国印刷历史上的三个重要里程碑的主线跃然纸上。此刻，我由衷地仰佩这位前辈。他坚持先有策划，再行实施，纲举目张，顺利实现预定目标，这是多么宝贵的工作经验啊。有幸通过办展接受武理事长的指导，他那张弛有度的工作方法和严谨求真的工作态度令我深受教益。

从这些普通的小事中，我看到的是印刷前辈们对事业的钟情和热爱，感受到的是他们强烈的使命感和责任感，体会到的是他们丰厚的人生积淀。在我的心目中，他们是"成于细节，成于责任"的精神典范，值得我一生学习和借鉴。

2006年8月24日

经过时间的沉淀，记住的，只会是让你记忆深刻的那些人、那些时光。 摄影 车梅

贺年短信

文中提到的刘玉山老师，是我最为佩服、尊敬的师长之一。这篇小文写得不很深入，但却表现出了刘老师的典型特征：尖锐、幽默、才情卓众……

闲来无事时会翻看一下手机里储存的短信息，将无用的删除以腾出内存。然而有一条短信，目前我手机里时间最早的一条短信，我多次的"清仓"仍不舍得将它删除。它是2007年除夕夜刘玉山老师发给我的，全文如下：

猪年来了，于是有心人又给人家老猪同志贴金抹银、拿人家老猪同志说事了，什么"金猪到鸿动来"之类的，可一上了餐桌，炖猪肉、焖猪蹄、酱猪肝……还不是照吃不误？现在的人现实得很——想起来就"哈哈哈"，用不着了，则白眼一翻，背手离你而去。而猪同志就远不是这样势利了！不仅此，该同志身上还有诸多东西值得我们学习呢。这里不妨开列几条：譬如，它的"人怕出名猪怕壮"的谦虚态度；它的"死猪不怕开水烫"的大无畏精神；它的"猪鼻孔插葱——装象"的艺术追求；它的"猪八戒倒打一耙"的工作方法；它的"猪八戒照镜子——里外不是人"的诚实品质；它的"猪八戒背媳妇"的生活作风；它的"猪狗不如"甘为人下的博大胸怀……如此等等。由此看来，老猪同志虽然平凡，但却也真的很伟大。

——除夕夜后偶有所感，撰此稿与君共勉。祝快乐。

刘玉山

刘玉山老师是原北京人民美术出版社（以下简称"人美社"）总编辑，退休后更加忙碌，大部分时间在各地写生创作。由于工作的原因，我与刘老师有较多的接触，加之20世纪90年代初，刘老师任人美社总编辑，而我原来所在单位是人美社的主要定点印刷单位，我与刘老师那时就相识了。因此，我与刘老师之间除了工作交往建立的友情，还有一种师生情谊。短信是我最喜欢的跟刘老师沟通的方式之一。

刘老师的短信每一条都是原创的，偶有所感或触景生情他都会在手机上即兴创作。一般来说，没有问候的套话，没有一般的关心，几乎都是有感于一些社会现象而发表感慨，每一篇都独立成章。那条贺猪年到来的短信，将人们耳熟能详的有关猪的歇后语巧妙进行了组合和剖析，体现了刘老师对现实社会唯利是图的人际关系的深刻指正，也可以看出刘老师的博学和才华。我发现，刘老师的短信从语句的完整性甚至标点符号都用得准确无误。

刘老师不仅把写短信当成一种沟通的方式，更当成是当今快节奏下一种快速捕捉和记录自己心态和心情的方式。他爱人和女儿则承担了刘老师短信的"幕后技术支持"，她们把刘老师认为好的短信全部从手机上转到计算机里保存。据说，保存到现在的短信已可以出版一本"短信集锦"了。

刘老师是中央美术学院国画系毕业的，当过多年编辑和总编辑，算得上是艺术家了。不过，刘老师自称自己算不上是新潮艺术派。

为了向华联印刷祝贺四岁生日，刘老师原本计划邀请一些画家搞一个笔会。但真正要搞时，他告诉我说不搞了，他说："现在的时代真是不一样了啊，一张嘴就得先说钱。我虽然也算得上搞艺术的，但我就是看不惯现在艺术家把金钱看得比艺术还重要的现象。"于是，他相约了好友葛继惠先生共同完成了大幅面风景画"大江东去"，描绘了气势磅礴的三峡，为华联印刷的四岁生日添了彩。至今，这幅巨作仍然挂在华联印刷三楼大厅内。

张林桂总经理与刘玉山老师是挚友，刘玉山老师在人美社当总编辑时，张林桂总经理在人美印刷厂当厂长，有直接的工作联系。张总喜欢刘老师的为人，喜欢刘老师的作品，他称刘老师是当代的毕加索。华联印刷的咖啡厅现在用作装饰画就是用刘玉山老师的原作复制而成的。

一次，张总与刘老师在咖啡厅闲谈。说是闲谈，因为那一天并没有约定的主题要谈。谈话间，刘老师向张总展示了其"手机画"——在手机上画的画。原来，一次刘老师乘火车去外地，闲得无聊，就摆弄起手机来了，后来发现有一个"画板"功能，就用画笔随意勾勒，竟然获得了意外的效果。刘老师不会用电脑，但却把手机功能发挥得淋漓尽致，时间因此化零为整，随时在思考和创作。

看了刘老师的"手机画"，张总脑子里立刻有了想法，紧接着说："好事，快去出版社要一个书号，成书出版，一定能畅销，但要快。"并讲了很多如何将艺术品转化为商品并且适销对路的方法。一个专注于艺术创作，一个专心在市场经营，没有利益冲突，有的只是心灵的沟通和精神上的共鸣。

与刘老师的交往似君子之交，平淡中会有出其不意的精彩。有时一个短信就会让人释然和从容，就如本文开始的"贺年短信"。

2007年7月8日，曾刊于《月季花开》

上：所谓的气场其实就是其散发出的不凡的气质，是由内而外的。感动，其实是被这种气场吸引了。 摄影 周平安

下：拥有了自身稀缺的东西，就是幸福。 摄影 高海军

经理年会的感悟

一次会议能有什么感悟？请相信这是真的有感而发。人的进步需要一步一个脚印，但如能抓住契机，如遇到并接受贵人点拨，从成功抑或失败案例中受到启发，可能很快便脱颖而出……

从2003年开始，华联印刷每年一次的经理年会都在元旦放假期间进行。这样的时间安排正是实践了"别人醒了，我已出发"的立即行动理念。在大多数单位还没完成对旧岁的总结、可能还没有考虑新的一年如何面对的时候，华联印刷所有经理就已开始研究并清晰地提出新一年的工作主题、目标和实施步骤。广为业内称道的"质量年"、"成本年"、"精细管理年"、"素质提升年"、"技术年"、"奥运健康年"都是从1月初的这样一次会议正式揭开帷幕的。

2006年底，我被调到中华商务的另一家公司。在恋恋不舍离开的时候，我和张总有一个"君子约定"，即我希望能够经常有机会回来"充电"，张总则表示欢迎我经常"回娘家"看看。于是，我会经常找一些"借口"回去。每次"回娘家"，都能及时了解他们在管理上的一些新思路、新做法，并能尽情享受和回味一下充满温暖、充满爱的企业文化，还有重要的就是到张总那里大口大口地汲取"水分"。华联印刷的各位同事也都不把我当外人，走到哪里都会畅通无阻，有大的活动都会通知我参加，就连绝对属于机密级的内部经理年会，我也每年受邀列席参加，这一直让我十分感动。

2009年的经理年会我仍然受到了邀请。虽然没有出中华商务这个圈，但毕竟身份有了不同，我参加此次会议的关注点和感受与华联印刷的其他经理有所不同。我相信他们会将所有精力集中在如何学会精益管理、如何理解和贯彻"精品工程年"的工作上，因为这将是他们本年度的核心工作，且接下来会有一系列的工作要做。而我除了认真领会精益管理和"精品工程年"的工作思路、学习他们的一些好的做法和成功的经验以外，更有一些不同的体会。

核心人物张林桂

作为华联印刷的领头人，张总经理应是这次经理年会的核心人物，除了其职务上的核心之外，我更感觉到张总已成为华联印刷实质上的绝对核心、中心和灵魂。这个核心就像被子女崇拜的父亲，像被学生尊敬的老师，像足球场上的耀眼明星，像聚光灯下的偶像佳人，它包含了他人的崇拜、尊重、敬仰、信任，也包括了来自其本人的责任、风度、毅力、激情。从几位经理的发言中，我不仅感觉到了大家的成熟和进步，更感觉到了他们围绕着张总这个"核心"的紧密程度：他们理解张总的经营理念，明白张总的工作要求，清楚本职工作的目标，更知道管理者的责任。大家的发言中自觉不自觉地都会引用张总曾说过的话、张总对工作的要求。这个核心的形成也绝非偶然，一个高谈阔论、废话连篇的人不可能成为众多精英的核心，一个思想陈旧、固步自封的人更不可能成为年轻人的核心。成为华联印刷名符其实的核心是张总多年修炼的识人之才、聚人之德的必然，也是其投身印刷事业20年心血的结晶。

七年如一日的敬业精神

华联印刷从建厂开始就执行五天半工作制，即周六上午全体文员要加班半天，车间则要加班一天。快七年了周周如此，从无例外，就连传统的"五一"、"十一"长假，其中借用的星期六也算得很清楚，因此他们通常都会比其他单位提前半天上班。还有平日晚上下班，几乎很少有人到点就走，到六七点自觉加班的人比比皆是。不定期的经理会议、每年一次的经理年会也都是利用双休日甚至节假日召开。

这个七年如一日的制度体现的是华联印刷的敬业精神。依我本人的体会和观察，这半天绝不是走形式，很多人甚至比平时还要忙碌很多。比如：人力资源部每周六上午都要组织培训、各部门每周六都要召开例会；可能会举行每年主题口号评选活动，也可能会进行质量奖项的颁发；会由总经理亲自进行廉政教育，也会由副总经理组织专题会议。张总曾说过，我们不仅要进步，还要超过竞争对手进步的速度，没有别的办法，只有付出更多时间。在人员的配备上，长期坚持要超负荷定岗定员的原则，从根本上避免人浮于事、效率低下的现象发生。在别人休闲的时候他们在工作，在别人团聚的时候他们在工作，付出的时间比一般人多20%以上，他们没有理由不胜人一筹。

忙碌的脚步、忙碌的身影、忙碌的工作情景已成为华联印刷企业文化的一部分，在新老人员的交替中得到传承，在经理团队的成熟中得到发扬。

用专业精神对待会议

2008年，张总提出了用专业精神对待业余的理念，其思想已渗透到了华联印刷工作的各个方面——内部刊物《华联印刷》专业了，接待工作专业了，2009年只有20多人参加的经理会议也组织得非常专业。

首先，作为一个列席会议的人，我在会前一周就接到了会议日程安排，详尽到每位发言人发言开始和结束的时间、主题，详致周密，看了以后，我立刻清楚地了解了这次会议的宗旨和具体安排。会议设立了会务组，在开会前两天，我就接到了车辆安排和住宿安排的通知，还附有交通线路图。只有两天时间的会议，他们提前两周就开始做准备，把食、住、会议均已安排妥当，还不忘备了活跃气氛、减少困意的小零食。

当然最重要的是会议时间和会议效果的控制。会议主持人事先已要求大家一定注意控制时间，并且会前已要求所有发言人员必须制作PPT文件并提前两天统一发给电脑部整理汇总，大家已对自己要讲的内容有了充分的准备。因此，大多数的经理都能很准确地控制时间，张总在两天内分别有不同内容的发言，第二天的发言长达120分钟，但他的时间把握得也非常出色。

华联印刷每次经理年会都很有效，这次也不例外。每年的会议，时间会变、地点会变、参加人员会变、会议主题会变，但一直不变的是会议主题是确定该年度的核心工作。该年度的核心工作由张总汇集所有经理的智慧提出，会议由张总做主题发言，张总的主题发言是该年度全公司的行动纲领。正是这些不变的内容，使新一年的工作部署充满变化和新意。

快乐团队

在紧张的会议日程之外，我看到的是一张张快乐的笑脸，他们的快乐源于内心的充实、满足、希望、踏实。在会议的闲暇之时，他们敞开心扉，轻松地调侃、玩笑、毫无顾忌、其乐融融的情形就像彼此是一家人，内向的人也变得开朗，团队的新成员也一下成为老朋友。虽然年龄跨越老、中、青三代，但从中找不到一个与这个团队格格不入的人，大家的关系已从同事变为真正的朋友。他们经常说的一句话是"辛苦但快乐着"。在张总手下工作的人都会觉得辛苦，但也都会感觉快乐。辛苦是因为这里的工作强度比别的地方大很多，工作要求比别的地方高很多，工作时间比别的地方长很多；快乐是因为这里学到的东西比别人多很多，获得的经验比别人多很多，进步比别人快很多，而这些正是人生最大的财富。

他们的快乐源自内心，他们将快乐带到工作中，影响着同事和下属；他们将快乐带到家里，影响着家人和朋友。这样一个快乐、和谐的团队形成的是战胜困难的自信和力量。

精品工程年的启示

华联印刷2009年的经理年会在2月7日和8日进行，比以往年份晚了一个月。说起推迟的原因，张总说，2008年下半年全球金融危机开始蔓延到中国，中华商务是香港公司，自然也受到了影响，总公司一方面在积极寻找对策，另一方面也在紧密关注势态的变化。由于大的形势不太明朗，稍晚些开会看得更清楚，利于有的放矢。

"精品工程"的提出源自张总对"精益管理"的学习和理解。丰田公司的生产方式曾被认为是最适用于现代制造企业的一种生产组织管理方式，即精益管理。它的核心是要消除消耗了资源但不创造价值的活动，如生产了没有人要的产品、库存和积压、不必要的工序、员工的盲目调动和货物从一地到另一地的盲目运输等，通过这些控制实现"负价值的最大化"。

　　精品工程是希望通过精益管理改善公司各项管理，创造出一流工作，打造出一流产品，培育出一流团队，最终实现明显降低浪费、提高效益的目标。而精品工程的实施需要通过精心策划，精心组织，全员参与，希望通过练好内功的方式，使华联印刷对外克服经济危机所带来的负面影响，对内冲抵不良因素带来的效益降低，把危机挡在门外。

　　此次会议一结束，我立即在网上订购了《精益企业——让精益思想贯穿企业的每一个角落》，希望自己能认真研读并应用到管理当中。张总也提到，任何通用的管理模式或理论，具体到一个企业何时采用、采用到什么程度都取决于企业所处的发展阶段。一个处于管理初级阶段的企业应该先完善基础管理，一个业务不足的企业应该用营销拉动经营。而华联印刷经过6年多脚踏实地的工作，基础管理扎实，业务饱满，企业文化优秀，具备了向精益管理迈进的基础，也具备了创造更多精品的条件。

结束语

　　熟悉的总经理、熟悉的同事、熟悉的氛围；创新的观念、创新的思想、不同的体验；一次充电、一次获取、一次提升。这两天所获得的知识和受到的启迪胜过自己半年甚至一年的摸索。华联印刷是我的福地，在六年时间里积累的工作经验是我人生一笔巨大的财富。我将继续汲取这里的养分，让自己更加"富有"。

2009年6月9日，曾刊于《月季花又开》

同样的起点，要到达不一样的终点，除了个人的努力，还要有成事的机会。 摄影 车梅

永远的朋友张林桂

这篇文章曾引起很多人的共鸣，他们说，我用精准的文字说出了他们对张总的不舍、感恩和祝福……

2010年6月11日11时许，我收到了张林桂总经理题为"我们永远是朋友"的电子邮件。这是一封发至华联印刷全体员工的告别信。他告诉大家，在执掌华联印刷的经营管理整满八年之际，他将于9月正式结束这段职业生涯，为此他极为恋恋不舍，舍不得华联印刷的一草一木、一砖一瓦；舍不得朝夕相处的员工、共同经历坎坷的同事。与张总一起在这3万平方米土地上并肩奋斗过的人，读了这封张总用心书写的、载着满满的真诚的邮件，没有不悲伤、不惋惜的，因为大家跟张总有着深深的、重重的感情。

按国企的标准，张总已是超期服役，以66岁的年龄退休既在预料之内，也在情理之中。然而，当这一天真的到来的时候，大家还是那么依依不舍，那么不知所措，那么不愿接受。

八年前，从这40亩土地上挖出第一锹土的那一刻开始，张总就已把华联印刷当成了家。他就似这个大家庭的家长，为了上千名孩子们的健康成长，为了这个家能过上好日子，他倾注了自己全部的感情、所有的心血，精心呵护每一个年轻的心灵，精心培育这里的寸草寸木，使这个家从无到有，从小到大，从忧到乐，从贫到富，从丑到美，风风雨雨，坎坎坷坷历经了八个春秋。他经常在院子里细心拍摄成熟的柿子、含苞的玉兰、盛开的玫瑰；他经常告慰员工要抛开晦涩的心情，积极面对困难。他喜欢和帮助身边的人，从不把个人好恶融入工作。他的大脑好似一个智慧的宝库，好的创意总是源源不断地涌出。时间一长，大家已经习惯了依赖这个思想开明、作风正派并且智慧充盈的家长。有他在，所有人的心里都感到踏实。

66年一路走来，张总的人生之路并非一帆风顺。他时而得到命运的垂青，时而又遇到近乎残酷的人生挑战。作为"文化大革命"前的老大学生，他以优异的成绩获得了公派留学的机会，回国后又幸运地分配在大学任教，这样一份令人羡慕的职业，使他成为同龄人中的佼佼者。然而他不能容忍生命的兴味索然和平淡无奇，毅然放弃了这份体面而且待遇优厚的工作，选择了整体技术水平和管理都相对落后的印刷行业的一线——印刷企业。随后的境况便可想而知，一个个挑战接踵而至。到国企当老总，他要接受在僵化顽固的体制下企业起死回生的挑战；转战到香港，要接受在强烈的文化差异下去其糟粕取其精华的挑战；回北京发展，要应对与经济特区截然不同的经营环境和游戏规则的挑战。

然而，不论是面对顺境还是身处逆境，他都以阳光思维去对待，以乐观情绪去接受。事实是，一个个困难都被踩在了脚下，一次次的拓荒都有圆满的结局，他坚定地把事业推向一个又一个高潮。

一个人的成功并非易事，需要外部因素和个人因素共同的作用。才智、勤奋、机遇是一个人事业成功的三要素，缺一不可。张总能有今天的成功，有顺利的环境、好的机遇等外部因素的作用，但归根结底，决定其成败的还是他超出常人的才智和令人难以置信的勤奋和毅力。

才智即心与智、德与才。有心有智，有德有才，这就是张总给人的非常正直、高大的个人形象和魅力。他有很高的德商和情商，有着过人的胆识和宽大的胸怀，有着坚定的心性和顽强的心力。他人品端正，为人宽厚，不计得失，真诚坦率，永远怀着一颗感恩的心。在他眼里没有敌人，没有对手，没有怀疑，没有仇恨，没有抱怨，他心怀从广大处觅人生的态度，对异己包容，对陌生包容，对不如己者包容，对强于己者包容。他从不人云亦云，从不扭捏做作，而是坚定地走自己的路。

先做人，后做事。要成就一番事业的人先要有好的德行、好的人品。张总就是一位做人非常成功的人。经营中，他把客户当成朋友，把供应商当成朋友，把媒体当成朋友，把员工当成"兄弟姐妹"。他真诚地对待下属，善于换位思考，即使公司的个别主管甚至普通员工因个人发展而离职，他也能站在对方的角度，只要对个人发展有益，他都会真心地支持。他真诚地对待朋友，朋友家庭有了纠纷，他两面撮合，成人之美；朋友有了思想上的困惑，他不厌其烦，循循善诱地开导。他真诚地对待客户，有求必应，一诺千金。他多次说过，当一个人的行为跟很多人有关系的时候，自己的责任是多么大啊！他用实际行动践行着自己的承诺和设定的目标，不停地向年轻的主管们传递着要做有才华、有知识、有道德的职场人的人生目标。在这封告别信中，他仍不忘告诫员工，"要好好战斗在岗位上，更要好好爱护自己的名声，好好把持住那份神圣的真诚，好好对待与自己有关的亲人朋友，好好平衡利益与道德的天平，好好做一个里外一致、真善美的好人，好好做一个能给别人带来幸福、健康和快乐的人"。不知不觉中，他已然把生命的境界做宽做大。

张总这些年，总是要做别人不愿做、不敢做或做不到的事。他坚信，有辛勤耕耘，才会有丰厚收获，有不平凡的过程，才会有不平凡的结果；他坚信，坚韧的毅力是后天成功的助推器；他还坚信，冒险的勇气、行动的勇气会增加成功的机率。这些年，无论在哪家印刷企业一线的管理岗位上，他都做了不少别人当时不能理解的惊人之举以及别人当时不赞同的措施，而所有这些举动和措施的对错都以非凡的业绩得到了验证，都以每个阶段的超过同行同业的发展速度得到了验证。他努力摈弃无效的、形而上学的、弄权式的管理，在管理办法、用人观念等方面有不少反传统、反习惯势力之举措，也被事实证明了大多数都很有效果。这些都是他多年如一日的勤奋和毅力给予的回报。

在匆匆而过的人生旅途中，人们常会遇到许许多多的失落与坎坷、挫折与打击、孤独与无助，这时都渴望得到朋友的帮助，朋友是人们生活中不可缺少的角色。在生命的轨迹中，我们不可以没有父母，同样也不可以没有朋友，有朋友的人是幸福而充实的，有朋友的人永远不会寂寞。爱因斯坦曾说过："世间最美好的东西，莫过于有几个头脑和心地都很正直的、严正的朋友。"可见有朋友是多么的美好。因此，结交朋友便成了每个人与事业同等重要的人生追求。

张总是一个十分重感情、重朋友的人，他用饱满的真诚结交了很多真挚的朋友，快乐时分享快乐，烦恼时分担烦恼，平日里相互祝福，精神上互相支撑。当朋友需要时，他毫不犹豫地伸出援手；在他需要帮助时，朋友们也会鼎力相助。

就像张总对未来的憧憬那样，"我们永远是朋友"，昔日里兄弟姐妹般的同事从此成为朋友。从这个角度说来，离别不是坏事，因为它将摒弃可能的利益从而使朋友的关系更加纯粹，它把记忆定格在过去一幕幕的美好，它让友情因为距离的延长而更加温暖。此番离别还意味着新的开始，在新的征途上，张总会以他一贯的真诚换取更多朋友的信任，因为有谁不愿以仁者为师，以义者为友，与智者共事，与信者合作呢！

如今的分手，大家不应悲伤，因为张总是我们永远的朋友。时间将会佐证一切，未来的日子，他一定会被新老朋友的关心和惦念的幸福所包围，我们的未来，也会因为有张总这位良师益友相伴而不断产生新的美丽。这份友情，如同每天升起的朝阳，新鲜而温暖；如同一坛老酒的醇香，悠远而绵长。

2010年6月16日

20世纪80年代以后，人们没有了温饱之忧，便有闲情逸致开始追求精神上的富足，越来越多的普通人对原本望尘莫及的艺术产生了兴趣。摄影　粟国锦

朋友刘宏

商场如战场。正因如此，没有任何杂质的友情才显得弥足珍贵……

一年多前，结识了北京东港的刘宏总经理。虽然只有不多的几次接触，却使我对他印象深刻。

初次相识，是在2010年初中国印协和北京印协共同举办的团拜会上，我跟刘总被安排在了同一个桌席。在现场轻松气氛的烘托下，谁都没有故做矜持，也没有恭而有礼，就像故友重逢般愉快地问候着、闲聊着，并且很自然地谈起了大家共同关心的话题。记得当时刘总见我与很多人频繁打着招呼，便说了句"我看没有你不认识的吧"！不知这是对我社交能力的赞赏，还是对我呼朋引伴的羡慕。刘总这句不经意的调侃引来了同伴们的一阵欢笑，在笑声中，大家尽情享受着这份淡淡的友情。

说是初次见面，只是第一次相视而坐，双方间接的了解已有三四年。东港股份是为数不多的印刷上市公司之一，是安全印务领域的佼佼者，这是我到同为安全印务的银牡丹后接受的"启蒙教育"。随着"东港安全"四个大字高高地悬挂在金融街，随着东港自山东济南迅速发散式地扩张到全国，我脑海中挥之不去的便是东港。

东港的发展速度让人惊耳骇目，北京是它们的重要战略制高点，总经理刘宏却始终低调，很少在公开场合露面。在他的工作表中，排得最多的永远是拜访客户，投标项目、客户会议、客户抱怨他都会亲临现场。他说，企业与客户是相互依存、相互促进的关系，只有与客户零距离接触，这种关系才能更深入、更持久。

为客户提供专家式服务的理念，使刘总赢得了挑剔的金融领域客户的信赖，同时也使北京东港多次抓住了市场先机。精准、专业、全面的服务使越来越多的高端客户愿与他们合作。

后来在不同场合又与刘总有了几次接触。由于工作繁忙，媒体是他了解印刷行业大事小情的主要渠道。他出差时会带上一本印刷行业的杂志在路途上翻阅，会在闲暇时浏览印刷网站，即使与我素未谋面之前，对我的文章，他也是照单全收——一篇不漏地通篇阅读过，并且对我的文章赞赏有加。这让我很是惊奇和喜悦，更让我备受鼓舞。

女人在职场拼杀博弈，在取得或大或小成就的同时，心灵深处往往会产生一丝难以觉察的矛盾和寂寞。虽然现代社会已实现男女平等，甚至女强男弱的现象在银屏上、现实中频频出现，但相对于男人，女人的性格特点在如今快节奏、高压力下还是显示出了明显的弱势。同时，女性不可避免要在家庭事务中承担得更多，因此，她们会经常困惑于难以找到工作和家庭的平衡点。

漫不经心的一句肯定或赞扬，常常会令女人心绪飞扬，表现出的正是女人内心的柔弱，这是在告诉人们：要取得同样成绩，女人比男人付出的更多。幸运的是，女人的成绩事实上的确更容易被人看到，哪怕是一篇立意并不深刻的文章，也会有人欣赏。从这个角度来看，作为职场女性应当备感欣慰和幸福。

北京东港新的生产基地刚刚投产一年时间，不仅销售收入已有过亿元的骄人成绩，产品更涉足电子标签、账单打印封装等尖端领域，这里不能不提的还是刘宏。

跟他接触，能感受到山东大汉的率直和爽朗，更能体会到多年市场营销所积淀的精明和睿智。作为他的一位新朋友，短短的接触我已能够被他的爽直和坦率所感受，可以想象，其长久以来所结交的朋友一定遍布京城的各个角落！用真实换取信任，用坦诚交朋结友，这应当是刘宏多年来营销制胜的法宝。

他在2010年底获得了北京印刷进步奖，刚刚又获得了毕昇印刷杰出新人奖。这些光鲜的奖杯背后，是这位年轻老总牺牲了大部分自己的休息时间，是他十年如一日常人难以想象的"飞人生活"——飞奔于北京的各大客户之间，飞奔于北京和山东之间，飞奔于北京和全国金融界的合作伙伴之间。

2011年6月8日，曾刊于《印刷经理人》2011年第7期

好人缘是一种修行、一种人格。　摄影　周平安

人始终是站在平台上，平台高人自高，平台低人自低。 摄影 车梅

良师益友

职场中，与高手过招其乐无穷；生活中，遇到冯立三受益终身……

偶然的机会认识了冯立三老师。可能由于我表现出的对写作的兴趣让冯老师产生了兴趣，他十分愿意解答我的有关写作的任何问题。交往多了，我们很快成了朋友，经常约三五好友到冯老师家小酌、闲谈。

冯老师是前《小说选刊》的主编，很有名的文学评论家，目前仍活跃在文坛，身上还有作协副主席的要职。

起初对冯老师不太了解时，曾上网查过资料。在搜索网站输入"冯立三"三个字，便出现若干个条目，有他写的文学评论，也有他的学生拜访他的消息。我顿悟道：冯老师名声显赫啊！

他为人很"狂妄"、很尖锐，大体文学评论就是挑人毛病吧！也正是这个特点，让他有极好的口碑和人缘。2010年是他七十大寿，听说他办了四场生日会。有三场是学生张罗的，一场是远在荷兰的女儿专程从国外赶回来为他操办的。我有幸被排在他的学生之列，赶去女儿操办的那场祝了寿，欢乐气氛至今腻留耳畔。

他的书屋内满是书法，这跟他所处的文化圈子和个人爱好有关。他的好友、著名文字家秦晋先生赠予冯老师的墨宝端正地悬挂在房间的正中央：

有才有义有情 有尔所有乃有中大有 人生立此三足矣！

真实真诚真正 真而本真为真之至真 友逢其一幸哉！

由此可以看出，圈内朋友对他的敬仰和尊敬，也看到了他所结交的朋友绝非常人闲辈。

他退休后，教授文字课和写评论几乎占去了他全部的时间，书屋内看似杂乱无章的书稿，都是他的宝贝，外人万不敢胡乱挪移。

还记得冯老师给我上的第一堂课。我踌躇满志地拿了篇自认为写得不错的文章，老师看后并未直截了当评说，而是转而谈起了写作的基本要素。他说，"写作首先要确定持笔者的角色，是记者还是作家"。这一问可让我愣住了，这难道有什么区别吗？

"记者是要把事情的原委清楚地交待给别人，而作家是要发现人的思想和内心活动。"冯老师清晰明确地回答了我。

这么多年来，这是我第一次听到如此简单却让你记忆深刻的教诲（或许中学作文课上老师教过，但早已交还给了老师，因为自己选择了理科），难怪写作水平难有突破呢！

在此之后，我尝试着写了《灵感在这里诞生》，这回战战兢兢地递给老师并等待着他的批评，没想到却得到了充分肯定（估计水平不见得怎样，只是为了给我点儿自信罢了）。自此，也让我鼓足了继续徜徉在这艰难的写作天地里的勇气。

通常，整个相处的时间80%都归冯老师所有。他旁征博引，借古喻今，向你灌输写作思路，而从不直接修改一个字。"授人予鱼不如授人予渔"，冯老师可是深谙教人之道的。除了提起写作的侃侃而谈，冯老师还是个懂得生活的人，书房虽乱，但厨房很干净，冰箱里经常备有充足的食物。最要紧的是一定有大虾，凡朋友来家中做客，必有对虾招待。

与冯老师交谈，时而觉得自己的才识是那么浅薄，时而又在不自觉中沉浸在文字的海洋里。记得一次聊到自然时，我脱口说了句"如果……不妨……"，文绉绉的表达引得冯老师和在场的朋友哄堂大笑，很快"近朱者赤"了。这时，冯老师拿了本他主编的新书《与子同袍》，在扉页上潇洒地写下了"如果桂绵俯允，不妨受此一赠"。每次翻阅此书，我都会情不自禁地回想起这段小插曲。

　　冯老师有时气势如洪，有时水流涓涓，是位友善的性情中人，是位难得的良师益友。

2011年5月30日

先前形成的知识、经验、习惯，会使人们形成认知的固定倾向。　摄影　周平安

"双百"人物的启示

三人行必有我师焉。人生最离不开的是人，最好的学习渠道是向身边的人学习，因为这是最生动的教材……

2009年12月12日，位于中国职工之家的第十届毕昇奖颁奖大会和"双百"活动表彰大会活动现场气氛热烈、浓重，300多名来自全国各地的获奖者和印刷业同仁个个面带欣喜的笑容，温情地相互问候着、交流着。我这个局外人也不禁深深地融入其中，不止因为活动规格的高档，更因为在毕昇奖和"双百"奖的获奖者中，不乏我熟悉的身影。

武文祥：印刷前辈。大会颁奖主要分为毕昇奖和"双百"奖两部分，毕昇奖颁奖词是由前辈武文祥先生来宣读，非常荣幸大会指定由我来宣读"双百"颁奖词。古稀之年的武老声音洪亮地宣读颁奖词，语言铿锵有力、跌宕有致、张弛有度，极具感染力。在武老的带动和感染下，我告诉自己要尽自己最大努力完成这项工作，但与武老相比，我的表现还是相形见绌。印刷事业60年风雨兼程，印刷之于武老已不仅仅是一份工作、一项事业，而更像是与自己同舟共济的战友和伙伴。如今德高望重的他已不需要任何华美词藻和赞誉，也不需要任何肯定和奖励，从他的所说所想、所作所为可以看出，他已视印刷如同生命。

他对人对事永远激情不减，无论面对窘境和困局，无论出席小聚或盛会，永远沉着淡定、收张自如、恰如其分。从他身上，我们年青一代深深体会到，任何成功都不可能一蹴而就、都需要长期积累，就像语言表达只是一个人内在综合素养的一种外在表现方式，表达能力反映的是内在的水平和素养。从他身上，我们年青一代印刷从业者认识到，不仅要有创新精神，还应长期脚踏实地的进行工作经验的积累、正确价值观的树立、人格人品的塑就，让自己的人生富有内涵，才能在职场上游刃有余，才能让自己的生命对社会有益。

王利婕：我大一时的班主任，深圳职业技术学院媒体与传播学院的常务副院长，也是我进入华联印刷的"红娘"。由于工作的关系，她与时任深圳中华商务副总经理、现任深圳安全印务总经理、此次"百名企业家"的获奖者之一陈均先生比较熟悉，他们双方在人才的培养、选用方面有成功的合作。2001年9月，正值第七界世界印刷大会在北京召开，王老师在会议期间带着华联印刷在北京着手组建管理团队的消息，与我及其他在北京的武测校友们见面。在她的推荐和介绍下，我了解了中商，认识了陈总，进而得到了华联印刷的录用。可以说当初的决定有一些偶然和未知因素，而今天看来，这次工作变动让我终生受益，这也使我不由得对王老师的知遇之恩心存无限感激。

十年前，她放弃了令人羡慕的全国知名大学教授的职位，从武汉大学毅然辞职，来到深圳职业技术学院，这一变化的巨大和未来的不确定性使我格外关注王老师。回头来看，深圳高职院印刷、媒体与传播等专业在她的手中从无到有、从小到大，其致力于印刷职业教育事业的目标和谦和的为人吸引了众多博士生、硕士生加盟到其教学和科研队伍，每年为社会输送的300多名印刷专业毕业生，受到深圳企业的高度赞扬，成为全国印刷专业院校中一股强大的印刷职业教育专业力量。在做好专业发展和学院管理的同时，她不停止学术研究工作，先后发表学术论文数十篇，有多数课程获得全国印刷专业精品课程。此次她获得了毕昇奖优秀新人奖，我为她感到由衷的高兴，更为她感到自豪。

只见她静静地站在台上，面容平静、真诚，是一种知性女人特有的成熟，是一种成熟女人特有的气质，是一种让人难以察觉的力量和从不外露的坚持。评委给她的颁奖词是最贴切的概括和肯定："矢志耕耘二十载，培育众多印刷人。兢兢业业，只为把学识传递给莘莘学子；刻苦钻研，只为让印刷技术注入企业之中。她用数十篇论文诠释出印刷人的责任，她编写的众多教材播撒着华夏印刷文明的种子。《印刷工艺》国家级精品课程的评定、印刷技术专业国家级示范建设专业的认定，昭示着一名印刷教育工作者甘当绿叶的精神和孜孜不倦的追求。"

获奖的还有很多我熟悉的人，北京印协理事长任玉成、武汉大学印刷与包装工程系主任万晓霞、上海安全印务总经理丁法等。我20年的印刷职业生涯大致可以分为三个阶段，每一阶段都有不同的榜样、不同的偶像。而眼前的这些人物每一位都是那么深厚、那么饱满，每一位都是这个时代德才兼备的优秀代表。

"……一群有着创业激情和改变现实梦想的印刷企业家，奏响了当代中国印刷业60年跨越发展的最强音，重振了传衍千年文明的印刷术发源地的雄风。他们中有人敢于担当历史重任，以非凡的远见和胆略锐意改革，让历史悠久的国有企业再次焕发出新的光彩。他们中有人传承跨越3个世纪的出版印刷界历史品牌，连年摘取全球印制最高奖；他们呼唤绿色、共赢、可持续发展的新商业文明，他们用赤子之心书写"印刷"神话，他们用赤诚之爱回馈父老乡亲。"

"……他们中有人淡泊名利潜心研究，突破技术'瓶颈'，开发关键技术，从跟踪走向跨越，填补了我国印刷科技产业化的项目空白，打破了国际厂商的技术垄断，引领并推动了印刷科技的发展，圆了我们科技兴业的梦想……行者常至，为者常成。他们带着激情与梦想，不断演绎着自己的精彩人生。"

宣读上述颁奖词时，我深深被这些精彩的文字所感动，更被这些文字背后200多名身披授带、胸戴红花的人所感动。这些人代表着时代的脚步，代表着行业的希望，他们用自己超人的智慧和非凡的努力成为时代的骄子，成为后人的楷模。

2009年12月25日，曾刊于《月季花又开》

先做人，后做事。要成就一番事业的人先要有好的德行、好的人品。

摄影 高海军

十年时间，对于任何一个年龄段的女人来说，都可以说比金子还贵重；十年的得与失，对于任何一个女人来说，也都会有各自与众不同的故事。

摄影 高海军

我生命中的两盏灯

人生就是不断遇到困难、解决困难的过程，在这个过程中，有时会陷入迷茫、困顿，幸运的话，会有一盏盏明灯照耀着前路……

2011年7月1日，是党的90岁生日，也是我入党20年纪念日。

20年前的这一天，党的70岁生日与今天一样热烈，一样凝重，一样催人奋进，一样激情荡漾。

20年前，我正处在无比纯真的年龄。那时的我还不真正懂得生命的价值、人生的意义，但我感觉到有一盏灯照耀着我。

20年后，我的心智成熟了许多，对生活自信不疑。因为在我成长的后10年，另一盏灯悄悄点燃，伴着我的成熟和成长，让我懂得了天下没有免费的午餐，人生就是要不断地进取。

第一盏灯：百花彩印

百花彩印，是我开始工作的地方。

1988年，我大学毕业，毕业生并不太愁找工作，仅全国测绘系统每年就需要大量的武汉测绘科技大学的毕业生。事实上，大部分同学、校友都如愿到了测绘系统的机关、事业单位工作。

毕业前夕的一天，系里老师通知我到某教研室面试，面试我的是两位先生。他们说是北京百花印刷厂的，来挑一名印刷专业的毕业生，问我是否有意愿。说实话，我的思想始终成熟得比同龄人要晚一两年，当时虽还未找好单位，但真不知道发愁。对于这送上门来的机会，我也没有任何惊喜，怀着"可以去"的态度，就成为了我职业生涯的起点。

原来，是百花厂的厂长赵恒田先生派他们来的。只有小学毕业的赵厂长觉得自己吃大了没有知识的亏，他认识到企业要发展成一家国际化的公司，一定要有高素质的人才。既然国家已培养了印刷专业的大学毕业生，一定要招一名回来，实现"零"的突破。招大学生，现在看起来很平常的做法，在当时是多么的难能可贵，反映出的是赵厂长卓尔不群的眼光和魄力。

从此，矮小的赵厂长就是我心中最高大的人。我这么个无名小卒也直接归赵厂长安排，当所有工序一个不落地走完了，我也即将盼来一年后转正的日子。"正"是按时转了，但并没有像我想象的那样工作也得到了正式的安排——按惯例安排到科室。我不解，我疑惑，一次次找到赵厂长，又一次次地被"搪塞"，说一些我听不懂的话，什么大学生没有什么特殊，什么多锻炼不吃亏，等等。与当时厂里同事们张口闭口的"大学生"称谓有不小的反差，心理上难以接受。万般无奈之下，我一纸举报信将赵厂长告到了部领导（当时百花的上级单位某部委），说他"不重视知识分子"，"把大学生当工人用"，部领导过问后，也不见他有什么转变，而是依然避而不谈我转为文员的事。

两年多后，我终于被安排到了技术科。工作的如此那般得心应手，使我慢慢体味出了什么，霎时间理解了厂长的良苦用心。与一下子就被分到科室的同学们相比，我比他们多了一年之多基层的磨炼，也多了很多可以享用一生的财富。

在赵厂长的言传身教下，我不懂得太多大道理，但却产生了对党的信心。因为，我信眼前这个人，一位每天早晨 7:00 必到公司，晚上 8:00 还不离厂的厂长，一位只有小学文化，却30年朴实无华、无私奉献、兢兢业业、专于管理的老党员。

1991 年 7 月 1 日，我以朴素的情怀举起了右拳，面对着党旗庄严地宣了誓。

百花彩印不仅构筑了我的思想追求，还激发起了我对印刷事业的满腔热忱。

因为有这样一个在当时享有盛名的企业作依托，毕业 10 年时，就已如愿考取了高级工程师，当时的优秀论文的素材全都仰仗着百花彩印超前的技术和管理；因为有赵厂长这样的伯乐，毕业 11 年时，我已进入了公司的最高管理层，全面的管理锤炼从那时就已开始。

百花彩印所给予我的，绝不仅是入党、职称、职务这些表面上的东西。提起我曾在百花工作，别人会羡慕三分，这才是我最为骄傲的。是这个平台托起了我，让我之后的职业生涯有了高的起点。

第二盏灯：华联印刷

在印刷界工作了 23 年，很多认识我的人都羡慕我总能在一流的企业工作。是华联印刷，挖掘出了我自己都不曾知道和不敢相信的潜能。

不知从何时起，我竟成了华联印刷的笔杆子，工科出身的我华丽转身，文字功底和潜力得到彻底释放。慧眼识珠的，正是张林桂先生。

刚开始，工作上缩手缩脚的我，先是被安排为厂务部副经理，不久被安排到快印部当经理，后来又当公关部经理、总经办主任。最初的几年，虽然职位没怎么提升，职务却越做越多，这些在我看来都是可遇不可求的机会。在张总眼中，我就是典型的"复合型人才"，他的这个"认识"可能并非真正认为如此，而是有意给我的心里引导。顺着这个暗示，不怎么行的我很快变得行了。就像有个实验，研究人员通知某班老师，班里某两个学生智力超常，有潜力。半年过后，果真，这两个孩子显示出了与众不同的成绩。当这个结果出来后，研究人员告知，其实他们根本没有测出这样的结果，只是随意点了两个孩子的名字。是众人的寄托和期望使他们有了自信，进而走向了成功。

我庆幸张总选中了我做这个"实验"。在我心里，党员就是他这个样子：信念坚定，豁达大度，表里如一，敢做敢当。我见过的党员都能成就大事，这坚定了我对党的信心。

人始终是站在平台上，平台高人自高，平台低人自低。站在华联印刷这个高高的平台上，我游刃有余，身心俱佳，心旷神怡。

如果百花彩印这盏灯的温暖让我从懵懂到成熟，那么，华联印刷这盏灯的光亮使我从成熟走向了真实——永无止境地追求真实美好的东西。

大凡成功者都有惊人的相似之处，赵恒田跟张林桂就很像，百花彩印和华联印刷的成功也很像。我手里有一本《百花风雨20年》画册，是百花彩印2005年纪念20周年所做，当时的总经理送给我一本做纪念。翻阅着它，历历在目的是一件件值得骄傲的事件：合资剪彩，市长视察，产品获奖，客户研讨，海外业务……再来感受置身其中的华联印刷：开业大典，高新技术，国际大奖，管理创新，绿色印刷……

我发现了成功者的异曲同工之处：敬业、创新、领先、坚持。

这两盏灯是那么的明亮，它们照耀着我的职业道路，照耀着我的心，坚定了我一生钟爱印刷的信念。

2011年7月1日

一个特殊的团队

没有英雄的个人，只有英雄的团队，这个亘古不变的真理，适用于现代企业管理，同样适用于这个临时团队⋯⋯

团队六甲

说是一个特殊的团队，首先是因为它的临时性，从2011年4月组建团队到10月18日30周年庆祝活动结束，存续的时间整整半年。其次是因为其成员的"复杂性"。怎样的复杂情况呢？

鲁澎，北京印协副秘书长，年轻人尊称她为"澎姐"，年长一些的则亲切地称其为"他澎姐"，是我们这个团队的领头人。

周勋，曾是中国科学院印刷厂厂长，担任了两届北京印刷企业联谊会会长。目前以鼓弄乐器、驾车游玩乐活。

王术功，刚从北京印刷质检站站长的岗位上荣退，仍积极地活跃在印刷行业。

朱浪，已从化工印刷厂厂长退居二线位置，二十几年了，刚刚落得清闲，就由慧眼识珠的任总力邀到了这个团队。

高海军，只有五十几岁的高总，却已是两个外孙子的外祖父了。他是一家民营印企的老板，但看起来，摄影才是他的最爱。

看吧，这个团队中都是"上得厅堂"的大人物。

我，相比之下就算年轻了，看起来是这支队伍里唯一可以"下得厨房"的人了，具体事情恐怕要多做一些了。

我们这支队伍是"庆祝大会筹备组"，工作内容包罗万象，最关键的是策划和筹备一台由会员单位参演的文艺节目，再就是组织好当天的接待、程序控制等工作。

很辛苦，很快乐

筹备一台文艺节目，听起来是件很美的事，做起来可真是件苦差事。

起初召集几个主要企业的负责人开会，没人否认这是个很好的创意，大家兴致勃勃，纷纷寄来视频资料，希望我们能从中遴选出中意的节目。待看了部分视频资料并了解了一些企业的情况后，发现困难还是蛮大的。虽然不少企业每年都借年会之机演练文艺节目，但大都是自娱自乐型的，还真有些难登大雅之堂，如果直接将这些节目放到30周年庆祝活动的大场面上，无论气势还是品位都有着不小的差距。

这时，大家把期盼的目光全部投向了这台节目的总策划和总指挥周总。

作为中科印刷厂的老厂长，说起厂里的情况，周总如数家珍。他首先给大家吃了颗定心丸：中科厂的男生小合唱获过金奖、绝对过硬，葫芦丝合奏也没问题。这时，好消息接踵而至：新华厂的刘永瑞总经理将登台献唱，任总倾情邀请的陈羽凡已答应前来助兴，如能成为现实，这些可都是不小的亮点呢！

几个主打节目有了着落，小组成员如释重负，也因此低估了一个节目在企业从无到有的难度。在给企业布置了"作业"的两个月之后，为了尽量给企业减少影响，小组决定亲临各企业现场，审核和指导节目的排练。一圈转下来，走了五个企业，距离10月18日就只有一个月了，节目还都不够理想。重压之下的周总下了"最后通牒"：所有节目进入冲刺阶段，彩排时不能达到要求的，一律下马。

10月18日的正式演出大获成功，这既出乎意料，也属情理之中。因为，9日的彩排早已让大家心中有数。

任何成功都非偶然。俗话说，"台上一分钟，台下十年功"。演出是成功的，其背后的艰辛却是难以言表的。都知道印刷行业做得很累，企业员工加班加点是常态，时间久了，便形成了印刷人顽强、吃苦的性格。虽然所有参演单位的老总都表示支持，但一定没有人说可以影响工作。就这样，上百名印刷行业的职工演员，连续几个月牺牲了自己大部分的休息时间，将自己最美好的面貌展现在了大家的面前，换来的除了持续的掌声，没有任何物质的回馈。不过，他们说，这已经足够了，因为这是我们印刷人自己的盛会，多苦多累都值得。

话说多次赴不同企业进行节目审核，每一次的行动都是那么的艰难。组中六位，发散式地分散在北京的东西南北，东边远到通州，南边到了亦庄，居住在城北的高总则每次要从昌平赶来。这些在企业中曾经或者仍然位居要职的人，如今，却踏进了自己并不完全熟悉的圈子，并且要做得出色，不负众望。于是，他们只有埋头苦干，劳怨不辞。

优秀个人成就卓越团队

活动当天，各项工作进入倒计时。

高海军带着他的专业摄影装备，一大早就率领他的摄影组各就各位，我听到了"我们组已全部到位"的骄傲回应。专门的摄影墙，专业的遮光布，专业的照相机，分工明确的四位专业或准专业摄影师，为此次活动留下了高质量的、宝贵的资料。嘉宾挑选现场打印出来的照片，更成为一道亮丽的风景线。

朱浪承担的工作繁杂多变。为领导戴花，如何分辨？提前离席的、获奖的要将礼品送到本人，如何控制？400多人，认识的毕竟是少数。好在朱总也是当了十几年厂长的人，组织能力、应变能力毋庸置疑。经过精细的筹划，朱总有条不紊地完成了任务，没有出现纰漏。

周勋的任务主要是这台节目。别小看一台节目，这可是需要现场的几方面人马通力合作的。周总训练有素地盘旋在主持人、DJ、演出人员之间。计划赶不上变化，陈羽凡的表演要从最后的压轴戏提到前面，张学江夫妇的京剧先是改为由其夫人一个演唱一支曲目，之后不仅临时改为两支，张学江先生又上台即兴献唱。牵一发而动全身，不过，这一切都在周总的掌控之中。

王术功，精品展、接待是他当天的重要任务。精品展只能在活动当天上午进行布置，接待则集中在13:00~15:00。见多识广、深谙处事之道的王站长始终笑容可掬地恭迎着每一位来宾。

鲁澎，由于副秘书长的身份，她其实已不专属我们小组，而是要与秘书处的其他人一起统筹30周年的整盘活动，近几个月来的工作可谓千头万绪。活动当天，她简直成了"不管专员"，找不到东西了找她，找不到人了找她，不知如何办了找她，重要的来宾她也要出面接待。活动结束了，我们看到她的身体真的透支了。不过午夜时分才回到家中的她，清早起来的第一件事，就是给我们五个"组员"发来了短信：在大家的共同努力下，我们组出色地完成了任务。没有你们的足智多谋和亲力亲为，面对如此繁杂的事务，我这个组长将束手无策。万分感谢各位的辛勤付出。

我呢，为了保持充沛的精力和良好的形象主持，午后一直在后台做准备，并未参与更多的工作。主持工作结束后，不时有欣赏的眼光和赞誉的话语传来，对此，我真的愧不敢当。这些赞美一定不属于我个人，而是属于整个团队，我只是作为这个团队的代表被推到了台前，真正做事的是那些幕后的人们，包括由于篇幅所限不能在此一一提及的很多人。

除了每个人的独当一面，是默契的配合、善意的沟通、相互的扶帮、彼此的尊重，使这个特殊的团队担当了重任，完成了嘱托。"大人物"不能"下得厨房"的歪理邪说也不攻自破。这个团队成员之间的合作，有如和高手过招，其乐无穷；在这个团队中，所有的辛苦都会顷刻间随风飘散，留下的是更多的满足、自信、荣幸，还有感激。

　　活动结束了，摄影组留下了上万张珍贵图片，却没有一张是我们的合影。不过，这也无妨，我们曾共同战斗，也必将延续这难得的友情。大家已相约于初冬时节，补上这张"全家福"。

2011年10月28日

这是一个需要创新的时代，都说创新要从思想的创新开始，而思想的创新，就必须从冲破思维定势开始。

摄影　周平安

再聚首

一次旅行让这帮人凝聚在同一个群体，工作和生活中，多了一份牵挂、一份依靠……

春节后上班第一天，接到关于台团团友定于周五聚会的通知，这让我欣喜不已的同时又迟疑不决。

台团，指的是2010年9月北京印协组织的台湾考察团，一行20人，共同度过了9天美好时光，特别是经历了一场强大的台风，使大家彼此之间建立了牢固的友谊，大家早已约定并且十分期待再次聚会，这便是我欣喜的原因。说到犹豫，是因为当天15:00要集体赶赴河北怀涞参加华联和银牡丹的经理会议，心里觉得特别不情愿成为这次重要活动唯一掉队的人，一时间我陷入了两难的境地。

正当我犹豫不决时，组织者告诉我，大家对这次聚会的热情高昂，应会者全部到齐。这个消息迅速渗透到我身体的各个细胞，使我参加聚会的情绪立刻占了上风。当团友们了解到我所做的取舍时，连连称我"够义气"。

台湾岛地形像芭蕉扇，南北长，东西窄，中间高，两侧低，经纵贯南北的中央山脉为分水岭，分别渐次向东西海岸跌落。内地旅行团的行程一般是从台北沿西海岸到高雄，再从高雄沿东海岸回到台北，我们团也是这样安排了9天的行程。

台湾之行最令人难忘的便是遇到台风的经历。刚到台北，便从天气预报中得知将有中等台风登陆台湾，于是，"台风"便成了贯穿整个行程的主题词。第四天我们到达了高雄，之后第二天的行程是前往台东，这时台风已先行到达了那里，从预报上看我们的行程在台风后面"追着台风跑"，也即台风离开后我们才到达那个城市，看起来我们十分的幸运。待我们真正到达台东的时候，却感觉余风依然有六七级，大风夹杂着中雨，在室内可听到窗户"叮当"作响，在室外人则无法站立。好在我们的团导经验丰富，在他的正确决策下，我们从高雄出发前往台东的时间向后推迟了两个小时，躲过了台风最嚣张的时段。

当天的路途约需三个小时，我们乘坐的大轿车冒着风雨艰难地沿着东海岸行驶着。只见山坡上的树干剧烈地摇曳着，很多树枝已被折断，奇石怪岩被雨水强烈地冲刷着，黄色的泥汤在公路上肆意地流淌，一些乱石和树枝挡住了部分道路，车辆在很多路段只能很侥幸地通过。都知道台湾台风多、台风烈，但只有当真正经历时，才会感到那么恐惧和可怕。行进中，车厢里凝聚着紧张的气氛，有的轻声议论，有的闭目无语，大家都默默地在心里为我们一行人的安全祈祷。最后，这次台风经历总算有惊无险，我们安全地渡过了这让人揪心的一天。当第二天前往花莲时，那里已经修复了被泥石流中断的道路，我们按计划经花莲返回了台北。

在我们即将结束台湾之旅时，台风也彻底离开了台湾，我们有机会看到了台湾最美的风光。被雨水洗刷后的东海岸天空清澈湛蓝，海面水天一片一望无际，浩瀚的太平洋，湛蓝的海水，一直伸向遥远的天际，让我们惊讶和陶醉于它的魅力。美不胜收的景色为我们的旅程画上了圆满的句号。

在我们结束台湾之行大约一个月后，台风再次登陆台湾，在距我们曾艰难跋涉的台东不远的花莲地区，发生了内地旅行大轿车被泥石流卷入海底的悲剧。提起这事，大家就越发感到我们团的无比幸运。

患难之中见真情，正是这几天的患难与共，使大家格外珍惜这次旅程中建立的友情，以至于大家都满怀着再聚首的愿望。而这其中，我的这份愿望更加强烈、更加执着，因为此次台湾之行，对我而言有着不同寻常的意义。团队从北京出发时，正值我病后初愈，身体极度虚弱，以至出发前开预备会时，团长便向大家通报了"我们团里有一位病号"这一消息。在整个旅程中我得到了大家的特别关怀和帮助，使我每天有着快乐和放松的心情，经过数日阳光的沐浴和台风的洗礼，我的身体、精神和气色逐渐恢复到了最佳状态。这次旅行产生了比数日的输液和无数的化学药物强百倍的疗效。

聚会上大家兴致勃勃，举杯畅饮，共叙友情，其乐融融的场面连组织者也始料未及，好在有心人已用小小相机记录下了每一张笑脸，我本人也深深地融合到快乐的气氛中，很少喝酒的我也禁不住频频与大家举杯共饮。大家一致要求建立经常聚会的机制，提议一经发布，关于操办权的争论便无法有个定论。相持之下，团长发挥了其组织者的权威作用，强行决定了第二次聚会的主办人，如此暂时结束了聚会操办权之争。不过日后的操办权花落谁家依然悬而未决。

我默然地期待着台团日后的每一次相聚，期待那种彻底的、友情的碰撞和释怀。

2011年2月18日

从最初的被动到现在主动地用变化的眼光去看待已经视为正常的事物，我发现枯燥的管理变得很有趣，一般的事物也变得美好。

摄影 车梅

不能承受的感动

——贺《心如水》出版心情随笔

人是有气场的。有的人一出现，立刻能调动周围的气氛。所谓的气场其实就是其散发出的不凡的气质，是由内而外的。感动，其实是被这种气场吸引了……

2008年10月25日，一个阳光格外明媚的秋日，北京印刷学院迎来了她的50岁生日，整个校园喜气洋洋，各项庆典和交流活动如火如荼地进行着。在印刷学院这一天紧张的日程安排里，两本与张林桂总经理有关的书——《心如水——360°读张林桂企业管理》（以下简称《心如水》）和《鹤立群山——张林桂摄影诗歌100组》的出版首发式安排在黄金时间13:00~14:00举行。

作为《心如水》一书的主编，在出版首发式上，或许我只能算一个"幕后英雄"。首发式的开始，应该意味着我这份兼职工作的结束。然而，作为与华联印刷和张总并肩奋斗了6年的一个印刷人，置身这样一个与华联印刷及其主人公息息相关的重要活动之中，我自然会无比的关注并怀有更多的期盼。

会场布置得很温暖，几百本向印刷学院赠送的书分别用彩带及美丽的蝴蝶结扎系着，几百名嘉宾师生或坐或站使会场略显拥挤。一袭得体的高档西装让张总看起来比往日更加精神抖擞，神采奕奕。他忙碌地与赶来参加活动的嘉宾朋友握手问候，在首发式的背景墙前充分演绎着师友之情、同道之情，使得现场气氛浓重、和谐。然而，让我的内心激荡和感动的却是首发式开始以后……

中国印刷技术协会理事长于永湛在贺信中称张林桂"是一本厚重的书，应该细细品味和解读"。

北京印刷学院院长曲德森教授全程参加了首发式，高度赞扬了这位杰出校友"把企业当做事业来做，使它上升到一种非同寻常的境界"。

印刷工业出版社社长陈彦在致辞中动情地说"细腻而又豪迈，理智而又富于激情，这些看似矛盾的品质和谐地统一于张林桂先生身上不能不令我们感叹"。

北京印刷学院院长助理、新闻传播与管理学院院长王关义教授在主持词中称张总"悄悄地叩开了我国印刷业管理领袖办公室的大门"。

艺术家刘玉山的致辞意味深长，他说，"我相信，这本书的出版，会让社会出现更多的张林桂"。

吉林新闻出版局局长、《心如水》书名题写者徐邦家专程赶来参加首发式，将与张林桂先生如水般的相识和交往故事娓娓地向嘉宾讲述。

原新闻出版署署长、出版工作者协会主席于友先在中午12:00前就先来到首发式会场询问准备情况，开会时又准时来到会场。他向在场的人回忆当年多次与张总工作有关的"故事"，言谈中透出于主席对张林桂的关怀、爱护和人品的高度赏识。

崔文志书记在招待完市政府的领导后，急匆匆赶到首发式会场，向张总表示祝贺和问候。

我还发现，在北京印刷学院50周年校庆丛书之一的《校友风采录》上，第二篇即是由院长曲德森教授亲自撰写的《校友张林桂：优秀企业管理者》。

众多业内外高端人物被张总的事迹所感动，因而用真诚的诗一般的语言感动了与会的连同我在内的所有人。

众多的媒体中人因被张总的为人所感动，镜头对准张林桂，摄下的无一不是令人心动的角度。

众多的莘莘学子因被张总的成功所感动，在他们清纯的外表下我看到了蠢蠢欲动的未来企业家的心。

张总的发言让人感动，他用了数个"感谢"表达了他那颗持久不变的感恩的心，他还真诚地告诉大家"你们使我感到人生具有了不会迷惑的前进的方向"。

《心如水》一书的内容亦让人感动，师长、朋友、媒体、同行、同事用精彩的文字勾勒出了感性与理性充分交融的张林桂，一个让人感动的张林桂，让人懂得感恩的张林桂。

《心如水》一书所折射出的张总带领他的团队所创造的业绩更让人感动。是一连串红色的经营数字把张林桂和他作为总经理的企业高高托起，然而数字背后，却是无法用数字表达的感人至深的奋斗故事。他们用数字谱写着一首优美动听的歌。

刚接到《心如水》一书主编这个任务时，我非常兴奋，并要求自己尽最大努力去完成。跟随张总 6 年，我深深了解创业之路的艰辛，特别懂得张总成功的不易，但以本人的水平和影响力，我无法将所有体会和感触跟大家分享。主编这本书正好可以将自己的感受和体会融会到这本书中，使读此书的人获得更大收益。

然而在接到《心如水》主编任务一周左右的时间，我突然被告知需要住院做手术，具体病情要进行一系列化验才能做出判断，结果可能"好"，也可能"坏"。在得知这一消息时，我脑海里第一个闪念就是"这本书怎么办？"很快我决定了，"不行，我必须把这本书编完；出书的周期原本就很短，没法交给别人做；必须加快速度在住院之前完成；即使住院也要带着书稿去"。由于白天的工作很多，我开始连续数日利用晚上时间大量阅读和整理稿件到深夜。为了缓解压力，我还调动家人帮我朗读稿件或给编排分类提出意见。由于紧张的工作，我完全忽略了我可能的病情给家人带来的持续数天的恐惧感。经过努力，我按计划的时间将稿件交予出版社初审和排版，诊断结果也在这时出来了—— 一切都好。书如期出版了，我身体的疾患不治而愈，一切都好似没有发生过一样……在我将刚刚印完的《心如水》拿回家时，女儿习惯性地先翻开目录，然后笑曰："这本书的书名很有吸引力，每篇文章的名字也很吸引人！"她知道妈妈最近在主编一本叫《心如水》的书。履行这项特别职责的过程中，有惊、有喜、有苦、有甜、有得，更有无数感动……

感谢出版社给我担任《心如水》主编的机会，让我有一段深深的回忆，让我收获如此多不能承受的感动。

2009年6月3日，曾刊于《月季花又开》

没有英雄的个人，只有英雄的团队，这个亘古不变的真理，适用于现代企业管理，同样适用于一个临时团队。 摄影 高海军

时间的脚步从来没有停止过，时代的变迁永远是一浪高过一浪。 摄影 车梅

气场

气场大的人身上总有一种吸引力，他们在社交场合总能成为主角，他们的思想和行为会对别人产生很大影响⋯⋯

大凡职场中人，都会不甘平庸，都会在有意无意间不停地修炼，以使自己与众不同，取得成功。那么，到底是什么样的与众不同影响人的成功呢？气场！不同的气场，会成就不同的成功！

气场，是人由内而外散发出来的对他人的吸引力、号召力、影响力。这种力量，除了取决于职位、地位、能力的因素，更取决于人的品格因素。当然，每个人都有一定的职位、地位、能力和品格，因此每个人都会有气场，但也因为每个人的职位、地位、能力，特别是人的品格各不相同，形成的气场大小便会千差万别。强大的气场会推助人的成功。

任玉成先生是个有强大气场的人。北京印协30年庆祝活动让所有人竖起大拇指，不能不说的就是任总的气场。

这么多年，任玉成先生领导北京印协为企业做了很多实事儿，他所表现出来的"无所不能"的强大自信和"有求必应"的交友之道，使人赞不绝口，以至于他有需要时会"一呼百应"。30周年筹备活动便史无前例地吸引了众多业内单位和个人毫无条件地或慷慨解囊，或鼎力相助，活动的成功也便水到渠成，引得其他兄弟协会好一番羡慕。

庆祝活动中陈羽凡的倾情献唱，再一次印证了任总的处世哲学。20多年前任总认识羽凡时，他还是个不谙事道的小毛孩，谁能想到他之后会成为明星呢？但就是对这个小毛孩，他以"外甥"相称相待，使这份友情延续至今。请回想一下，我们每个人在一生中所结识过的人，或多或少都会有些走向成功，或可能成为对自己有所帮助的人，但大多早无联系或毫无交情。因为，维持这些在当时看似毫无价值的关系，实在是件不容易的事，或许因为太过忙碌，或许因为生活琐事拖累。然而任总做到了。

30年庆祝活动人员的预定数曾几度进行调整，意想不到的人数激增，让宴会不得不开辟了分会场。来的人，大家不是抱着"应酬"的心态，而是有着参加朋友的"PARTY"的心情。在这个温暖的环境中，见见朋友，叙叙旧情，聊聊过去，谈谈明天，其乐融融的景象就像一个家庭聚会。形成这样一个和谐的气氛，前提是家长有威信和权威，家长开明并且包容。

作为晚辈，我也经常被任总的"光环"照耀。非正统的场合，任总多次向别人介绍"这是我妹妹"。话从他嘴里说出，是那么真诚不矫情，那么坦率不做作，绝不会让人产生什么联想。我的这位大哥懂得换位思考，观点明确又从不强加于人，没有一点儿架子，特别像在老北京胡同邻里多年的富有智慧的邻家大叔。这样一份友情，也让我意识到了一点点压力，我时常提醒自己，自己的言行不光要对自己负责，还一定不能丢"大哥"的脸。

在人的心目中，会不自觉地把成功的人分类。有的事业做得很大，有的社会地位很高，这些人当然会形成他们的气场，但我感觉最"舒服"的，是以高贵人格形成的气场。不一定事业有多大，不一定地位有多高，但他有一个真实的圈子，有一帮真心的朋友，他让人感觉很真实，跟自己很有关系。让别人感觉"舒服"的同时，我想他自己一定会有"幸福感"，这不正是人毕生所追求的吗？

2011年11月8日

上：在今日这短暂的历程中，蕴涵着生命全部的现实和真理。摄影　胡桂绵

下：毕加索的创作曾被后人划为「蓝色时期」和「玫瑰色时期」，因为单从色彩的运用上就使创作时的不同心境显露无疑。摄影　胡桂绵

认识文董

这篇小文是2011年圣诞夜的随笔，也许会成为2011年的收官之作。它为《其实很美》添上了最后一抹色彩……

自文宏武先生调任香港联合出版集团董事长，就算认识他了。当然了，他是我上级的上级的上级，我是他下属的下属的下属，他在"明处"，我在"暗处"。因此，说是认识，只是我认识他，他并不认识我。不过很快，文董经常到北京基地视察指导工作，也就知道了我是何许人也。

文董最初给我印象特深的：一是年轻，三十六七岁的样子；二是儒雅，心中特别有数但不张扬的那种。太没劲了吧！这不是谁都能看出来的吗！原谅原谅，因为我们彼此还没有太多的交流机会。真正认识文董，或者说逐渐对文董有了一些了解和认识，是参加中华商务每年一次的经理年会和每年一次策略研讨会，以及更多的在华联见面的机会。

我了解的文董首先是个充满智慧的人。对于行业和企业所处的大小环境，他总能一语中的，对企业未来的发展方向和目标，他总能用最贴切的语言勾勒和表现出来。每次会议上，他一般用30分钟作报告，这30分钟可是含金量颇高的，那个时间，也是我最全神贯注的时候，不是因为他的职位最高，而是他的发言特别吸引人，语速、语调、眼神、肢体、广度、深度、逻辑、哲理，他的智慧通过每一次发言表现得淋漓尽致。

他还是个特别勤奋的人。文董家在北京，可无论出差还是休假回到北京，他真正跟家人在一起的时间非常有限。一次聊天时说，想请岳父、岳母吃顿饭，一年了都没能兑现。据说，文董无论身在香港、北京抑或是上海，无时无刻不在考虑企业的发展，也无时无刻不在帮助企业开拓市场。他说，自己会经常因为企业的事情睡不着觉，白头发也在一两年间骤增了许多，没办法，企业发展不光要比耐力，更要比速度。

他是个懂得尊重的人。没有圆滑虚伪的官场作风，没有盛气凌人的职场做派，永远态度平和，充满了对人的尊重。我与文董直接接触的机会不多，但就是通过鲜有的几次接触，我便可以感觉到人格上的平等，不像社会上的一些领导干部，错误地以为职位高便是高人一等。他很快能找到与谈话对象相当的话题，并善于换位思考。他有着年轻人特有的阳光和热情，又有着超越其年龄的沉稳和厚重。

他是一个气场强大的人。我原先谈过气场这个话题，今天放在文董身上，我仍固执地认为，职位不是决定因素，社会地位也不是决定因素，更不是获得过多少奖项，内在气质所形成的个人魅力，是一个人气场的核心。广博的学识，必胜的信念，阳光的心态，善良的为人，形成了一张精神名片，形成了一个强大的气场，使他在职场上游刃有余。形成这样的气场，绝非一日之功，而是一生的修炼。

今天是2011年圣诞节前夕，是在香港工作的文董放假的日子，然而他却来到华联印刷看望和慰问大家，并共进午餐，我们内心感到无比温暖。更重要的是他那番内容新颖、鼓舞士气、唤起斗志、气势如虹的开场白，对开源、节流、转型几个企业未来发展关键词的诠释，使我"听君一席话，胜读十年书"！

这个年轻人结伴狂欢的不眠之夜，对于已不再年轻的我来说，是个太平常不过的日子，好在心情俱佳，于是打开电脑，轻触键盘，心绪飞扬，一气呵成。寥以数百粗浅文字，梳理一下对仰慕已久的文董的认识，使这个圣诞节虽未有狂欢，但也别有一番意义。

2011年12月24日

不论听起来多么体面的职业，具体到某个岗位大都是重复的、枯燥的，如果不在其中投入情感，就无从谈及从工作中获得快感。 摄影 车梅

离开熟悉的工作和生活环境，到远在千里之外的北京生活和工作，要做出这样的抉择，恐怕对于每一位来自香港的同事，都是要认真思量的。 摄影 车梅

一段时光，一个人

人的一生，会经历很多事，接触很多人。经过时间的沉淀，记住的只会是让你记忆深刻的那些人、那些时光……

天闻印务——潘晓山

2012年3月26日，我随北京印协的几位专家、企业家一起如约来到了湖南天闻印务。身着工装在门口迎接我们的潘晓山，正如我想象的那般帅气十足。

潘晓山曾是我在中华商务的同事，他当时的身份是内派干部，即内地新闻出版系统派往香港中华商务挂职培养的干部。

2001年，当时30岁出头的潘晓山被湖南省新闻出版局派住香港培养，挂任中华商务联合印刷（香港）有限公司助理总经理。2008年，湖南省局要求刚好培养期满的潘总回湖南，出任湖南新华印刷集团公司的董事长，当时的潘总只有39岁。

随后，潘晓山作为班子成员，立即参与了中南传媒的上市筹备工作。印刷板块从湖南新华印刷集团剥离出优良资产，成立了湖南天闻新华印务，整合到上市公司。

在潘总的引领下，我们参观了这个拥有60年历史的"非典型"新华厂：既有传统新华印刷厂的大而全，又有现代印刷企业的精和新；既保存了传统国企的优势资源，又焕发出生机勃勃的时代气息；在没有大规模投入的情况下，销售业绩每年以

30%的速度增长，2011年销售收入和利润总额已分别突破 8 亿元和8000万元。

面对大家的疑惑，潘晓山异常兴奋并侃侃而谈。

回到湖南后，他首先提出的是"创新"，即技术创新、业务创新和管理创新的"三创新"思维；其次他提出了"市场"，市场是一切之源，他提出了立足本地教材，面向全国出版物，瞄准海外印刷市场的目标。目前省外出版物已占到总业务量的10%以上，海外办事处已开始建立。

如果管理一家新华印刷厂能够取得成功，一定有其过人之处。潘晓山的与众不同就是"变"。使普遍认为不可能改变的新华厂改变需要勇气、需要学识、需要国际视野，年轻的潘晓山身上具备了这些特点。

一段时光，一个人

潘晓山还曾是我的直接领导和搭档。2006年 7 月，中华商务收购银牡丹后，将他派到北京任银牡丹总经理，我任副总经理，我们搭档工作一年有余。与潘总一起工作的日子是让我记忆深刻的一段时光。

2002年 2 月，我加盟华联印刷，潘晓山加盟中华商务的时间比我要早几个月。2002年 7 月15日，为了做好市场的铺垫，华联印刷搞了题为"数字网络时代的书籍装帧技术"高端论坛，当时入职不久的潘晓山是中华商务"外向型"的年轻高管。他卓越的学识和优秀的语言表达能力，刚好弥补了港人的弱点。于是，这次论坛就成了他首次亮相的平台，我们也有了第一次接触。

年轻有为是潘晓山给我的第一印象。

活动前一天晚上，我们筹备组成员很晚了还在工作，只见他西装革履，面带微笑，风度翩翩地如约而至，跟我们一起到现场做了最后的检查。第二天，与香港著名设计师靳埭强、上海著名装帧设计家周祖贻、北京著名书籍装帧设计大师宁成春等同台PK，年轻的潘晓山不仅毫不逊色，他提出的"数字网络技术的机遇和挑战"，在当时的确给全场嘉宾带来了一股清新之风。

简单、没架子是与他合作后给我留下的深刻印象。

记得第一次去银牡丹，他清楚地告诉我"京承高速后沙峪出口出，向东5.5公里，万科小区右拐即到"，之后，这就成了给朋友指路的"标准答案"。

虽然同在中华商务工作，我对他有了几年间接的接触，但真正的了解是在我们合作和搭档的一年时间里。

简单。有段时间他需要兼顾深圳方面的工作而辗转于京深之间，除了充分信任并授权于我，工作上我们会频繁以邮件、电话沟通。接到邮件，他一定会在最短时间内回复,电话中能决定的事一定当即拍板；他说话不多，但观点明确；错与对、妥与不妥，他会直接表明，温和的态度又绝对不会让人难堪。简单的处事，使我们度过了中华商务收购银牡丹后最初的那段艰难的日子。

智慧。我必须承认潘晓山是个聪明并充满智慧的人。接手银牡丹后，他用最短时间抓住了安全印务企业的经营特点，把走访大客户、保住大客户作为第一要务。每次都是西装革履，条件具备时一定要给客户讲他亲自制作的PPT，他的知性风格和亲和力很快恢复了客户信心，使一个徘徊在危险边缘的企业迅速走入经营轨道。在繁杂的事务中，他率先研究应收账款、库存等经营性指标并迅速做出决策，凸显了其强烈的经营意识。

时尚。潘晓山让我印象最深的个性特征：一是衬衣西装，四季不变，虽算不上时尚，却永远精神抖擞；二是手提电脑不离手，不论在单位，还是见客户，电脑就是他的百宝囊。聚会时，他俨然是一个大男孩，跟下属同饮同乐；工作之余，他亲切地以桂绵相称，没有等级、没有距离。他就是这样一个时尚、热情、随和的年轻人。

坚毅。无论在香港、深圳，还是在北京，对他来说都一样，那就是远离熟悉的生长环境、远离家人。在公司，他与大家一起在食堂用餐，下班后，迎接他的是空荡荡的宿舍。在别人享受天伦之乐时，他可能泡在网上打发时间；在别人享受规律的生活时，他可能正在往返于香港、深圳、北京的飞机上、旅途中。

庆幸的是，七年的放弃使他获取了更多，七年的失去使他得到了更多。如今，他不仅拥有了重归故里的幸福，更拥有了让人羡慕的前程。

2012年4月2日

心中有爱的人，也是精神富有的人，你爱别人越多，你得到的爱也越多。　摄影　任玉成

也许我们正围于一种两难选择之间，这时一定要明白，只要勇于重新考虑，一定能够找到不止一条跳出困境的出路。 摄影 车梅

臣功的晨会

臣功的晨会开得有声有色。这仪式背后，隐含的是企业家对员工的人文关怀，体现的是企业家的创新思维……

中国印刷企业家俱乐部的第一次活动由山西臣功印刷包装有限公司（以下简称"臣功"）承办。按照日程，我们一行人乘坐大巴于 8:50 到达了臣功。这时，广场上已整齐站列了几百名员工，员工们面朝公司办公楼大堂外台阶上的领队。我们一行人被于援朝董事长引领到几米之外旁边的座位上。

风和日丽，朝阳斜照。9:00 晨会准时开始。

音乐响起，在几名领舞的带领下，员工跳起了自编的健身操。这时，我发现于总已经站到了队伍末端，随着音乐节奏娴熟地舞动着身体。穿过于总的身影，我的眼睛从近及远、由远及近的观察着、感受着。震撼人心的，不是每个人的动作（因为他们的动作也许并不到位也不够优美），而是无一例外的全神贯注，以及由此形成的整个队伍的气势如虹。

接下来，《感恩的心》音乐响起。全体员工配合手语的演唱牵动着每个人的神经。配合这个环节，在主持人的引领下，员工们分别对父母、师长和同事表示了感谢。大概意思是：感谢父母，感谢你们的养育之恩；感谢师长，感谢你们的精心培养；感谢同事，感谢你们的无私帮助。

随后，主持人宣读了当天生日的两位员工的姓名，以及对他们的祝贺。两位员工还收到了公司送给他们的精致的礼物。

最后一个环节，是读《羊皮卷》。这是用白纸打印的《羊皮卷》原文中的一章，每份为A4纸两页订在一起，从队首传到队尾，每人一份。主持人领读后，全体员工整齐地朗读。大家注意到，在长达5分钟的朗诵过程中，领读的小伙子是背诵的，嘉宾们无不被这一幕所惊叹。

实际上，臣功的晨会每天早上进行15分钟，为上述几项内容中的一项或两项。今天的晨会带有汇演性质，是专为我们才汇聚了如此多的内容。虽然遗憾于没有机会听听员工的感受，但单从他们的情绪和精神中，已经可以初步断定，无论是诵读还是跳操，他们是用心而为的。

每个企业都有不同形式的晨会，一般的作用是讲讲工作安排，以此开始一天的工作，以班组、部门为单位进行的比较常见。据说日本企业的晨会是被人津津乐道的，遗憾的是还没有机会亲身体验。国内印刷行业像臣功这样每天全体员工统一开晨会，并且有如此精细的内容安排，我还是第一次听到，更是第一次见到。

说起臣功的晨会，于总介绍说，印刷企业是劳动密集型企业，大量的员工工作在基层，要将企业的思想或目标从老板传递到员工，是很困难的一件事，但又是必须要做的一件事。你的想法要告诉员工，员工才知道怎么去做，因此，我把晨会当成传导企业精神的一种方式，或者说给员工洗脑。每天用15分钟的时间开晨会，这虽然意味着员工用于工作的时间会减少15分钟，但如果使员工的价值观与公司保持一致，退一步说即便能激发热情、振奋情绪，对提高工作效率也是有帮助的，也是值得的。

美国著名管理学者托马斯·彼得曾说："一个伟大的组织能够长期生存下来，最主要的条件并非结构、形式和管理技能，而是我们称为信念的那种精神力量以及信念对组织全体成员所具有的感召力。"与于总聊天，发现他对企业精神的用心超乎想象。他致力于公司做强做大的一大动力，就是让更多的人能在他这里就业、挣钱、有发展，而做强企业的根本方法就是做文化，文化的基石是共同的价值观。他俨然已经把晨会当成传导其价值观的一个有效途径。事实上，臣功骨干力量的流动非常少见，可以说，员工与企业价值观的共识或许是其中的秘诀。

老板是否有好的价值观是"世界观"问题，是否能够用有效的方法建立上下一致的价值观，就是"方法论"问题了。再好的价值观如果始于老板，终于老板，无异于纸上谈兵。臣功的晨会开得有声有色，我只能说于总是一位既有"世界观"，又懂"方法论"的卓越企业家。

2012年4月16日

人的进步需要一步一个脚印，但如能抓住契机，如遇到并接受贵人点拨，从成功抑或失败案例中受到启发，可能很快便脱颖而出。　摄影 周平安

黄永松的传统文化情怀

传统文化是一个民族的根。传统文化大师黄永松先生身体力行地证实着中国传统文化的博大精深，也揭示着对国人对传统文化漠然这一不争的事实……

2012年5月10日，黄永松先生如约来到华联印刷一楼的"印话馆"，准备他的演讲——走进传统文化。黄老师身着中式衣褂，表情平和，精神矍铄，从外表看，的确像一位"文化人"，但竟与我思想中对"大师"的理解有着巨大的差距。

说实话，由于才疏学浅，加之隔行如隔山，在与文化界、艺术界人士接触时，难免会有畏难情绪。从网上看了黄老师的资料，心里更是七上八下，不知如何接待这位"大师"。

没想到，黄老师用"我们都是一家人"，一下子解除了我的顾虑，正式演讲之前的"闲聊"也变得格外轻松。

"汉声文化"虽有出版物在华联印刷，但说"一家人"绝对是黄老师的谦卑之辞。"汉声文化"出品的印刷产品并不多，但无一不是他们研究中国传统文化的结果，之于"汉声文化"，印刷品这个载体，承载的是整个团队对传统文化踪迹的找寻、跟踪、研究、编辑的心血，他们真正是搞文化的。作为印刷企业，我们会自诩为"文化企业"，但传统印刷的核心还是加工和复制，与"汉声文化"的事业有衔接之处，却无法归为同类。

传统文化，蕴含在文字、语言、节日、服饰、建筑、生活习惯中，也存在于生活的各个细节。我们能够感觉到，传统元素离我们渐行渐远：文字的简化，使其承载的文化内涵减弱；传统节日被冷漠，洋节日受宠；民族手工服饰工艺的失传，民族建筑的疏于保护……在经意与不经意间，人们对"传统文化"的漠然竟然导致了一系列轻浮现象的繁衍。

黄永松老师是一位传统文化的积极倡导者和实践者。1971年，黄老师在中国台湾创办了汉声文化公司，他以抢救、保护和发扬中华民族传统文化为己任，带领团队几乎走过每个有着活态民间文化的地方，采用田野实际调查兼图片、摄影并存的手法，记录下了无以数计的中国偏远山村中的民俗文化，形成了"中国民间文化基因库"；并出版了杂志140多期，内容涉及民间文化、民间生活、民间信仰等，使传统文化得以在更广阔的范围内传播。

黄老师说，做中国传统文化研究之初，他就对题材选择自定了一些条条框框，即以"中国人的"、"传统的"、"民间的"、"活生生的"为准则。40年来，他也一直按照这个宗旨工作，到过众多偏僻村野，寻访、探究民间活动；采集民间艺术。直到现在，年近七旬的黄先生仍然有1/3的时间到乡村、到民间。

为了剖析中国文字、语言、建筑、生活习惯等各个方面所蕴含的传统文化内涵，黄先生辅以大量图片和亲力亲为的故事，带领大家徜徉在传统文化的世界里。他首先通过电脑用3分钟的时间浏览了他40年的珍贵成果，并调侃道：40年，就做了这点事。平和谦逊的语气中透着一种骄傲和欣慰："中国结"红遍世界，"夹缬"染艺的重现，"福建土楼"得以研究与保存，《曹雪芹风筝图谱》获得世界最美的书，想到这些，黄先生认为一切付出都是值得的。

平日里，或由于生活所迫无暇顾及任何改善生存状态以外的事物，或由于物质的膨胀导致精神追求的淡漠，传统文化离人们的生活愈行愈远。暂时放下工作，置身于这样一个特殊的环境，现场人员无不为中华民族文化的深厚悠远、博大精深所打动，无不为文化大师渊博的知识和高贵的人格魅力所感染。积极的互动使讲坛结束的时间一拖再拖，大家达成的共识是：中华民族的传统文化需要传承，也一定能够世代传承下去。

　　传统文化是一个民族的根基，对于任何一个民族来说都如此。中华民族有为世人骄傲的传统文化，而保护、传承和发扬华夏民族文化，需要大量的资金，需要黄永松先生这样不懈追求的专家和学者，也同样需要每个普通人的参与：学习传统文化知识、关注传统文化现象、倡导传统文化理念。在弘扬传统文化的坐标上，每个人都可以找到自己的位置。

　　作为印刷人，更有必要不断修炼和培养自己的文化内涵，成为真正的"文化人"。否则，便只能徘徊在"印刷工"、"加工商"的阶层，难以搭上"文化产业"的列车。

2012年5月10日

历经了风雨，能见到彩虹，这是真的！　摄影 周平安

朱老师的人缘

人缘，反映出的是人的修养水平，拥有好人缘的人一定是有高贵人格的人……

在我工作的圈子里，一提"朱老师"，大家基本上能够想到的人都是"朱纯磊"。仅这一条，就足以看出朱老师的"人缘"。

人缘，是人们在社交过程中给他人留下的印象。它虽没有量化的标准，但每个人的人缘，在他人心目中一定有一个无形的尺度。

现实中，人们可以为名、为利、为学历、为升迁而努力，似乎没有人专门把混个"好人缘"列为目标，因为"人缘"是软性的、非物质的。

正因为人缘是他人的感受，又是在不知不觉中形成的。因此，一旦形成，作为人缘主体的人则不可能主观上改变它、修正它。如此看来，人缘似乎又是一个很真实的东西，具有一定的客观性。

朱老师的人缘好，首先因为他有好的性格。他不光随和可亲，更有他这个年纪的人少有的喜感和幽默感。我虽尊称他为老师，他却直呼我等年轻人为朋友。他曾津津乐道于他的"治家之道"，家里两个儿子的生活被他有条不紊地帮助着、支持着、安排着，这位开明、善良的父亲也得到了儿子和媳妇们的尊重。他每年还要抽时间陪老伴做一次畅快的旅游，忙碌的工作和生活被他安排得张弛自如，皆大欢喜。

朱老师的人缘好，还因为他印刷领域专家和大师的身份。朱老师是仍然活跃在印刷界的为数不多的"货真价实"的高级知识分子。从北京印刷学院院长助理岗位退休后，朱老师退而不休，一直活跃在印刷行业的一线，不仅以总工、顾问的身份直接参与企业的管理，还经常以专家身份到企业调研，说起全国印刷行业的情况如数家珍。朱老师是国内最早的评标专家，是绝对的老师级人物。他精深的专业素质、严谨的做事风格，在政府采购领域享有很高的声誉。很多大的招标，都会钦点朱老师作为评审专家。

朱老师的人缘好，更重要的是他乐于助人的处事风范。随着国家招投标法的出台，特别是近几年，纳入招投标范围的项目与日俱增，招投标已成为企业保持老项目或争取新业务的重要手段，朱老师也愈加"受欢迎"。大的招投标项目尽管印协会请朱老师为业内企业专门辅导，企业还觉得"不解渴"，纷纷找朱老师"开小灶"。要知道，这可不是一般的指导和把关啊。据说有一次，一个企业落标，是因为企业没有盖法人印章，于是投诉朱老师"为什么没告诉"。面对这样缺乏常识的人，朱老师依然泰然处之，助人之心仍未动摇。

好人缘是一个人对周围的人施好的一种回馈，因此，要形成好人缘"既要有心，又要有力"。人是群居动物，是在交流中获得感受，而交流是一个给予与获取的过程。心怀一己之利的人常常纠结在狭隘的圈子里，或太过功利，或心胸狭窄，或自顾不暇，更不可能无条件给予别人需要的帮助，他自身也会因缺乏真诚的回馈而感到惴惴不安，坐卧不宁，从而缺乏安全感和幸福感。相反，愿意并有能力帮助他人的人，会获得来自他人的欣赏、赞美和鼓励，内心会因满足感的充盈而更健康、更愉悦。就像朱老师，"赠人玫瑰手有余香"，帮助别人也善待了自己。

好人缘是一种修行，一种人格。

2012年4月30日

上：印刷行业不缺少活生生的人和事，只是我们太多的关注点聚焦在了技术上和管理上。 摄影 任玉成

下：愿意并有能力帮助他人的人，会获得来自他人的欣赏、赞美和鼓励，内心会因满足感的充盈而更健康、更愉悦。 摄影 周平安

我与"艺术"擦肩

"艺术"看似离我们很远，其实离我们很近。生活本身就是一门艺术，艺术也充斥在生活的每一个细节当中……

曾经认为，艺术是"高枝"，绘画、摄影、书法、雕塑、电影、曲艺，这些被称为艺术的门类，工科出身的我等根本高攀不上；至于艺术与生活，更是南辕北辙，风马牛不相及。生活是柴米油盐等生存需求，而艺术却是茶余饭后的奢谈。

20世纪80年代以后，人们没有了温饱之忧，便有闲情逸致开始追求精神上的富足，越来越多的普通人对原本望尘莫及的艺术产生了兴趣。身边的朋友们个个出手阔绰地购买Cannon 5D Mark II，不时得意地在博客上晒出自己的新作；越来越多的人知道达·芬奇、凡·高，去过卢浮宫，欣赏过《蒙娜丽莎》，这些现象无不显现着艺术与普通百姓越来越近的事实。悄然间，生活与艺术竟成了唇齿相依、莫逆之交。

解放前，印刷社的工人被称为半个文化人，因为排书、印书，所以有更多机会看书、读书。那个年代，一家之主的收入让全家人聊以度日已属优越，至于买书就是极度奢侈的事了。因此，能够有免费的文化午餐，是既体面又很合算的一件事。

我就曾体会过"近水楼台"的益处。初入职场时，我所就职的工厂是北京人民美术出版社（以下简称"人美社"）的定点印刷厂，而人美社是当时名噪一时的专门出版美术类、艺术类画册的大社，出版过很多大头部画册，印象最深的就是《中国美术全集》了。工作中的耳濡目染，让我知道了齐白石、石涛、林风眠、八大山人、韩美林这些名字，然而，对于艺术作品的更多知识，并没有抓住机会深入学习，如今只有悔恨自己年少无知，生生让这可遇不可求的机会随风飘去。

算得上我艺术启蒙者的当属刘玉山老师。刘老师是个"才子"，高中在四中1960届文科班，该班有一个优雅的绰号"白屋同窗"，在四中校友中声名显赫。他大学进入中央美术学院国画系，曾经做人美社总编辑20年，退休后开始"重操旧业"，在绘画上"大展拳脚"，不长时间硬是混了个"东方毕加索"的美誉，其作品抽象、夸张的风格在西方颇受欢迎。我曾在一次活动中幸运地得到了一幅一米左右的盘画的复制品，主题是一个丰满的妇女在生活中的状态，因为过度抽象，给人们留足了想象空间，因原作已出售，故复制品也弥足珍贵。之后还参加过他在宋庄的画展，接触的机会真不算少。但时至今日，我仍惭愧于未能抓住这难得的机会在艺术上有哪怕一点进步。

虽然对其画作不敢妄加评说，但对刘老师的为人我确实是有发言权的。安徽写生，法国画展，手机绘画，精致小文，有事与他联系时，他十有八九是在这样的状态。执着、勤奋、谦和，加之非凡的想象力和创造力，成就了一位"大器晚成"的艺术家。这些品德，也被其他的艺术家不断验证着。

2012年4月，在中央民族大学美术学院美术馆的《中法艺术对话》展，不乏尚扬、杜大凯的作品，还有德国艺术家乌特·德雷尔和法国艺术家日耳曼·侯思的作品，这是我为数不多的几次正统地参观画展中的一次。不懂艺术的我笃信"熏陶"二字，心无旁骛地驻足艺术品面前，站在5米开外，目不转睛地正视它们，即使是个"艺盲"，你都一定能有最直接的感觉：美。这是心灵深处的感应，是凌驾于任何语言和文字上的表达。

让我豁然开朗的是中央民族大学美术学院高润喜教授的题为"艺术与生活"

的讲座。毕加索的创作曾被后人划为"蓝色时期"和"玫瑰色时期"，因为单从色彩的运用上就使创作时的不同心境显露无疑，高教授以此传递的是"艺术来源于生活，表现生活"这一基本规律。意大利文艺复兴时期印象派的被推崇，又诠释了"艺术不是生活的再现，不是照片的简单复制"这一广为人知的特征。

艺术品复制是近几年艺术品热催生出的一个新的行当，提及此题，高润喜教授能够准确地提到"百雅轩"、"雅昌"等名字。印刷行业中还有"圣彩虹"、"天可嘉语"等专于艺术品复制的公司。在高教授看来，它们是大有市场的，艺术品复制可以让好的艺术作品进入寻常百姓家。但他期待复制水平的升华，要瞄准和超越日本"二玄社"，这绝对是艺术家们的热切期望，但更是这些企业要面对的不小的技术上的挑战。

不是所有艺术家都出身贵族或名门，比如法国艺术家亨利·卢梭曾是个邮差。刘玉山老师的身世也很凄苦，身边有不少普通人退休后才开始学习绘画、书法，其作品也不无欣赏价值，至少可以陶醉其中，自娱自乐。这大概就是高教授所说的"艺术并不神秘"、"艺术你也可以"。

艺术有难以超越的高点，但没有门槛，可以从欣赏艺术品开始你的艺术人生，尝试走进美术馆，走进798，提起画笔，拿起相机。或许你不能成为艺术家，但你可以让生活充满艺术，充满品位。

2012年5月20日

他们所追求的不是职业的广度，而是生命的深度，浑身自内而外散发的，是一种超然、坦然、踏实、乐观的生存状态。 摄影 周平安

地坛书市

已举办了九届的地坛书市可以说是北京的文化地标之一，它虽不那么高大，却非常醒目。2012年的书市刮起了一股绿色之风、清新之风……

外地人最羡慕的要数北京的文化氛围了。说起文化氛围，就不能不说北京的图书卖场和地坛书市。

图书卖场火暴是北京鲜明的文化特征。北京图书大厦、王府井书店和中关村图书大厦三足鼎立，每家店日营业额均为上百万元，营业时间的人口密度不亚于大型商超，形成了其他城市不可能出现的文化现象。除了本地人，一些经常来北京出差的人，一有时间就会到北京的这几大图书大厦，或阅读，或选购心仪的图书，沉浸在浓郁的文化氛围中。

地坛书市可以说是专属于北京市民的一个大型品牌文化活动，已举办了九届。因规模不大，很少有外地人专程赶来，但在北京是人尽皆知的。北京的孩子在其成长过程中，大都有过到地坛书市买书的经历。目前，它已升格为"北京国际图书节"了，影响力也随之攀升。不过，北京人仍习惯称其为"地坛书市"。

2012年的地坛书市是5月的一个周末开幕的。我告诉女儿这个消息，她带着我"实体书需求是否大幅锐减"的问题欣然前往。

傍晚，女儿提着她几乎不可能拿得动的几捆书回到家，这是多强的购买力呀！接着她兴奋地说，《仓月》签售，排的长龙足有200米，好不容易才排到，因此一口气签了三本（需要原价购买三本书），准备自己留一本，另外两本送朋友，她认为，这是最好的礼物了。由此可见，畅销作家实体书的销售依然火爆。她还说，参观的人为数不算少，爷爷奶奶带着孙子孙女的居多，学生模样的年轻人居多，青壮年很少见。短短几句话，我的问题已不言自明。

隔日，去参加在书市中举办的"北京市绿色印刷工程启动暨首批绿色印刷婴幼儿读物首发上市仪式"，并代表公司上台领取"北京市绿色印刷示范标兵企业"奖牌。"北京市绿色印刷工程"形象大使冯远征、聂一菁、李莉、杨洋的出场主持，使活动现场气氛轻松而欢快，明星们积极受聘这份公益性工作以及"将认真监督绿色印刷的执行情况"的表态，让现场的人们感受到了他们成功后不忘感恩于社会的高贵人格。

政府要求从2012年秋季学期起，各地使用的绿色印刷中小学教科书数量应占到本地使用总量的30%；再经过1~2年，基本实现全国中小学教科书绿色印刷全覆盖。这足以看出政府改变教科书环保安全现状的决心。

主会场旁的"北京市绿色印刷主题展"吸引了市政府领导、媒体人和市民的关注。在这里，通过图片、文字、实物展示，讲述从木板刷印、铅字印刷、传统胶印到数字印刷、绿色印刷的行业发展历程。现场可用数码印刷方式为参观人员制作带有"＊＊＊惠存第十届北京国际图书节敬赠"的个性化图书，吸引了不少市民驻足。

那天，虽已是开幕的第三天，又是星期一，但书市里人头攒动，依旧是学生样的年轻人和带孩子的老年人居多。各大书店和发行商基本都设了展位，展售图书的品种也涉猎广泛，但总体上少儿读物和工具书、套书比较抢眼，现场均以3%~5%的折扣低价出售。书的印刷质量貌似要好于往年，在各个摊位翻看时，没有发现粗制滥造的现象，很多市民年年都来这里的个中原因大概就是希望"淘"到又好又便宜的书籍。与以往各届书市相比，多媒体数字产品的展示内容丰富，采用网络终端演示的网游、电子书等新鲜玩艺儿，吸引了不少年轻人的围观，不过可能受客观条件的局限，整个书市仍是实体图书和音像制品占据主流。

就书市而言，参观人数是市场的风向标。此届书市，官方的销售数据我们不得而知，但购买力和人气的火暴，说明实体图书的主导地位仍将延续，特别是内容好和绿色印刷的书籍仍有广阔的市场空间。相信2013年的书市，大量印有"十环标志"（中国环境认证标志）的书籍将进入人们的视线。

2012年5月25日

我更加笃信，人最大的对手不是别人，而是自己。 摄影 高海军

闲思漫想

我喜欢任由思想在现实和想象的空间里驰骋，时而静心思考，时而有感而发。面对诱惑，面对困难，人最难沟通的其实是自己。闲思漫想，与心灵沟通。

差距

第一次踏上美国土地，体验其会议的严谨，感受其思维的开放，反思我们在软实力上的差距......

第26届TC130国际会议，2012年底在芝加哥市中心的Crown Plaza酒店召开。

这是一个老牌酒店，大体相当于国内五星级，当地的出租车司机都熟知它位于"壮丽一英里"繁华街区的准确位置。美国没有类似国内的星级制度，但不能否认这确实是家口碑很好的酒店，来自美国其他地区和世界各地的与会者一致有这样的认识。

整个大堂的面积不过四五百平方米。接待处是三个独立的圆形接待台，每处一人，并没有向国内那样接待和结算等多个环节的细分，而是每个人都可以随时接待和处理所有与客人相关的事务。休息区可容纳十来个人休息。通向客房的电梯等待空间也比较狭窄，但却有五部电梯同时开启，每次等候的时间都不会超过1分钟。

入住的是酒店的标准间。房内很紧凑，两张国内标准双人床大小的单人床占据了半个房间。房间内只提供少量洗发液、沐浴液和香皂，没有一次性牙刷、拖鞋、浴帽等。

相比之下，中国的"大气"这里显然难以企及，甚至我的第一反应是有些失望，更有些轻视。

几天之后，我的看法有了改变。接待员随时随刻对待不同肤色客人的由衷笑脸，门童不吝寒风跑出老远拦截出租车的竭尽所能，电梯间莫不相识的人愉快的微笑和问候，会议的简洁、高效和严谨，这些或许正是我们国家与发达国家的差距所在。

人的感受来自软硬两个方面，也即物质和精神。对于一个国家抑或一个家庭，物质的丰富、硬件的奢华只是走向强大的第一步，最后的赢家取决于软实力的比拼。就像人们常说一个家庭幸福与否与金钱无关，精神的彼此依赖和思想的和谐共鸣才是维系一个家庭的强固纽带。一个国家亦是如此。我国国民素质、社会治安、社保体系、教育制度、服务水平与鳞次栉比的高楼大厦形成强烈反差，其差距让发达国家嗤之以鼻。国人要奋起直追的，除了硬件，更有软实力，除了国家相关制度建设，更有每个公民于内与外表现出来的综合素质。

国外酒店多年以前就基本不在房间配备一次性洗漱用品，经常出国的人都有此常识因而会随身带齐必备用品，而在国内，不论酒店档次高低，一次性用品应有尽有。这细小不同的背后反映出的是环保理念的巨大差距。

小到酒店一次性物品的控制使用，中到家庭轿车自觉自愿小型化，大到把消耗资源、破坏环境的"制造"环节放到中国，发达国家的环保理念早已成为国家战略，也早已渗透到普通民众日常行为中。

曾一度以"制造大国"自居的我们，已经意识到要快速将环保口号变为行动，减少破坏环境的制造，减少消耗能源的制造，不要重复建设的GDP。"勿以善小而不为"，之于每个公民，生活习惯的改变，工作方式的改变，炫富心理的改变，都是在为我们的子孙增添一块绿色。

2012年10月20日

爱与被爱

　　爱，是人类情感的最高境界。心中有爱的人，也是精神富有的人，你爱别人越多，你得到的爱也越多，这个爱是指博爱、大爱……

　　前几天在一篇小文里，提到了23年前我职业道路的启蒙者、识出我这匹"千里马"的伯乐，朋友看后大发感慨。感慨的原因并非内容的感人，也不是文字的优美，而是透过这篇文章，看到了我"高尚的人格"。这样评价的原因是"这篇文章里充满了感恩的气息"，"幸运的你，如今正以感恩的心回馈着他们的爱，感恩是你高大人格的宣言"。

　　这倒是个很特别的观察角度。落笔时，自己未曾这么想过，只是有感而发罢了。不过，诚实、感恩确实是我做人的信条。

　　俗话说，"送人玫瑰手有余香"。我喜欢"送人玫瑰"，尽管不一定每一枝都那么娇艳，仍然会留下满手余香；我喜欢以真诚面对这个社会，尽管不一定"善有善报"，仍然使我越发坦然和从容。

　　"玫瑰"无大小，"送玫瑰"无须计较形式，默默地祝福和感恩就是一枝朴实无华的"玫瑰"。一位朋友曾说，"我不愿意你再……"（指太累，或做自己不喜欢的事），就是这么一枝平凡的"玫瑰"，让我感受到了亲切充盈的关爱，持续温暖着我的心。文始提到的朋友，从我不经意的文字中，便窥测到我自然流淌的感恩情怀，也说明了越是平凡的"玫瑰"越能打动人，而平凡的"玫瑰"是谁都拥有的，就看你是否有心送，愿不愿意送。

"滴水之恩当涌泉相报"。接受了他人"玫瑰"要知恩图报，去尝试送出更多的"玫瑰"，起码要有感恩之心。爱是相互的，只有感恩才能让自己不断被新的爱所包围，只有感恩最终成为了人们的本能，和谐美好才能成为必然。缺失了感恩之心的人无异于一具僵尸、一具躯壳，毫无灵魂、毫无价值。

　　现实中，每个人对爱与被爱都有着自己的解释。有人相信真、善、美是人与人之间关系的主旋律，愿意去爱，感受到的也有更多的爱；有人则认为当今社会充满了假、恶、丑，人世间只有尔虞我诈，没有真爱可言，不相信爱，不愿去爱，也感受不到爱。

　　同样在这个社会中生存，有的感受到的是美轮美奂，美不胜收，有的却是怅然若失，黯然神伤。依我看，这个世界本不缺少美，而是缺少发现美的眼睛；人与人之间并不缺失爱，而是缺失感受爱的心灵。

　　文始提到的那位朋友是值得尊敬和热爱的，因为那双能够发现美的眼睛，因为那颗可以感受爱的心灵。

2011年7月8日

我默然祈祷，生命之路是洒满阳光的通衢。 摄影 高海军

"知道"不等于可以"做到"

很多时候我们没有成功却不知原委，检讨一下我们"知道"的知识有多少还没起作用，就知道目标与结果之间这关键的"执行"一环，还差多少"力"……

在做拓展项目"背摔"时，我首先作为"接人"团队中的一员，与其他9位队员，2人1组，排成5组2列，相互依靠着排列在一起，用20只有力的手臂搭成了一张严密的"人床"，以一个个地接住从1.4米高的背摔台上背朝下"摔"下来的队员。

队员都十分勇敢，没有一个犹豫不决。只是我和搭档似乎没能起到太大的作用，更像是一个摆设，因为我们在人床的最前端，也就是身材高的人头部可能落下的位置，中等及偏小个头的队员触及不到我们的手臂。然而，致使我们成为"摆设"的根本原因并非队员整体身材偏矮小，而是大多数队员的动作不够标准——身体从臀部的弯曲，导致整个人的直线长度短了一大节。

标准动作，应是全身绷直匀速向后水平倒下，这样，所有接的人同时受力，重量均匀地分散，危险性也降到最小。而身体出现弯曲时，全身的重力便集中在了臀部，本应由10个队友均匀承担的人体重量，大部分集中在了接住他臀部的队友，局部受力过重，增加了风险。

由于对这一切看得很清楚，当轮到我上场时，心里盘算着一定要做一个完美的动作。因为已完全明白了要领，像"铜墙铁壁"一样的"人床"也让我完全放心，只需直直地"后摔"下来，这比很多事情都要容易。

完成了，但我给了自己70分。完全没有恐惧和慌乱，那是什么导致失利呢？是"执行"出现了偏差。

只是"知道"了要领，但"知道"不等于可以"做到"，这中间还有"执行"的一环。工作中，每个人"知道"的事情都不少，"知道"的途径可能是他人的经验传授，抑或来自书本报刊，可当真正"操刀"时往往就是两样了。因为"知道"的事情，充其量只是别人的经验，也可以说是自己的知识。有了知识，有了实现目标的愿望，还不等于可以达到目标。

知识不等于智慧，更不等于成功。有了知识，先要通过磨练、训练、实践将知识转化为智慧。有了智慧，有了实现目标的愿望，距离目标的实现，中间还有重要的一环，就是执行。没有执行能力，目标只能化为泡影。

执行能力包括人的智慧、魄力和责任感，包括做事的速度、韧性、准确性，包括团队精神、应变能力、求胜欲望，还包括创新能力和自我趋动的能力。

这个项目的完成，要克服的最大困难是生理的条件反射导致人不能保持应有的姿势，要战胜它，需要勇气、胆量和自我控制力。团队里一位年轻女孩悟出了这个道理，主动请缨进行了第二次尝试，果然，这一次的进步是显而易见的。但可以看得出，无论她自己还是队友们，都认为还可以做得更好。

因为执行并非一种信念、一种冲动、一种行为，而是一种能力，需要时间去锻造。

有了执行能力，成功便不再遥远。

2011年7月14日，曾刊于《印刷经理人》2011年第9期

人一生的追求是很朴素的，人一生能够幸福的理由是多方面的，不论权势大小、财富多少，都可以拥有幸福。 摄影 任玉成

退休是美好的开端

人一生都在追求幸福，而幸福往往与金钱无关，与地位无关，更与退休与否无关。没退休不等于就幸福，退了休也不代表不再拥有幸福……

人从开始工作的那一天起，就面临着退休，就像人一出生，就要走向死亡一样。退休是人职场生涯的必然归宿。

有限的一生，每个人都希望活得有价值，对社会有价值，对家庭有价值。工作时如此，退休后也不会变。只不过，体现价值的方式，不同时期会有所差异；对于价值的理解，人与人之间有天壤之别。

"对社会有价值"这句话听起来似乎有些冠冕堂皇，但真能自私到事不关己、高高挂起、凡事不屑一顾的"境界"的人也确不多见！人在社会中，会自然而然地融入集体、融入大家，顺应时代潮流。

无论你是否意识到，工作时，你的价值通过你的职场角色体现着，退休后，通过更多的角色体现着，万不可低估了自己对社会的力量。没有一砖一瓦的堆砌，哪来高楼大厦的耸立！没有一点一滴的水珠，何来汪洋大海的浩荡！

"对家庭有价值"是人生在世的本能的目标。让家人过上好日子，这是支撑每个人的精神力量。真能有只为大家、不顾小家的高风亮节的人，也不多见。

退休，已不单指法定意义上的退休。市场化进程首先解开的就是对人的禁锢，职场中人不仅可以不"从一而终"，并且可以"退而不休"。法定退休的意义只是开始每月无条件领取退休金，之后可以继续以不同形式发挥着余热，为社会奉献着他们的知识、智慧和经验。

不过，我还是情愿将法定退休作为一个分水岭，以此让人生进入一段新里程，走出一条舒缓优美的生命轨迹，就像一年有四季，季季皆有景。人生有无数次选择，我希望退休之前自己能做好准备，轻松做出抉择：顺应自然规律，甘当"退休老太"。没有了职场的束缚，没有了竞争的羁绊，取而代之的是广阔无垠的天地，让生命的色彩变得轻盈，让人生的四季更加完整。

到退休时，从业会有33年。虽然我的经历算不上坎坷，但我文笔还说得过去吧？我会出一本散文集，抒印刷之情，叙印刷之旧。有高科技的支撑，这个计划一定不是梦想。

当然，由于与印刷剪不断的情结，我会继续以"观察员"的身份，关注印刷行业的大事小情，毕竟这是我付出了青春和心血的唯一一个行业。

邻居家的阿姨是位楼长，她可是重任在肩呀！组织志愿者值勤，为小区业主维权，整天为了楼里的事乐此不疲地忙碌着。我观察到，像楼长、居委会主任这样的角色可是女性偏多，大概是因为这些工作能体现出女性细致、负责的性格特点吧，这样的角色对社会的作用不可小觑啊！

要说退休后在家庭中的价值，首先让我们看看作为一个女性在家庭中承担的角色有多少：女儿、母亲、妻子、儿媳、姐姐或妹妹，可能还有侄女、姨妈、姑妈等。

这么多的角色，自己能为他们每个人做点什么，这就是退休后对家庭的价值。照顾老人，是义务，也是一种福分；教育隔辈Baby，是分担子女的负担，也是培育祖国的未来。退休后如果能够承担起这些现在看起来烦琐无聊的家务事，家人一定会感觉到"余热"的温度还不低呢！

当然了，要保持自身尽可能的健康和快乐，这是家人最大的幸福和快乐，是对家人最大的价值和贡献。

在我家小区院内，总是放着一辆"房车"。我憧憬着，退休后要拥有一辆比之更加豪华舒适的房车，驾车自由出行，周游祖国，游遍世界。当然了，肯定不会忘记摄下秀美、记下感动，通过博客或者微博及时发送给亲朋好友。纵然没有金山银山，但周游世界的资金基本够了吧！不，也可能不够，但有女儿呢！我一直庆幸自己养育了个女儿而不是儿子。

保持健康和快乐的方法有很多。学中医，唱歌，弹琴，绘画，交友……所有女人喜欢的事我都喜欢，这些事情应当是在旅游回来的休整期里做，真担心时间不够用呀！

最大的贫穷是精神上的贫穷，最大的富有是精神上的富有。退休后，不期待有多大的HOUSE，不期待有多奢华的生活，更不需要银行存款有多少数字。女儿的成才、家人的安康、亲朋的友善、相濡以沫的爱侣相伴是最大的幸福。退休就是要品味幸福。

这就是我对退休生活的畅想。时代在变，思想在变，我的退休赋闲梦估计也会变，但我深信有一点不会变：退休是新的美好的开端。

2011年9月15日，曾刊于《印刷经理人》2011年第10期

所有的经历，汇成了丰富的人生轨迹。 摄影 车梅

上：好的制度可以让坏人变好，坏的制度可以让好人变坏，不受约束的权力必然导致腐败。摄影　胡桂绵

下：在我眼中，外人看来毫无新意甚至满地油污的印刷业，不乏鲜活灵动的景致。摄影　孟昭恒

798 随想

从第一次无意之中走进798，到第N次有意走进798，我说不清自己是否有了些许对艺术的嗅觉，但可以肯定的是，对于女儿，这是一堂堂生动的经济学课程……

斑驳的红砖瓦墙，错落的工业厂房，纵横的道路管线，时代个性的标语，老旧的火车头，随处可见的涂鸦……

时尚前卫的参观者与悠然自醉的艺术家相映成趣，历史与现实、工业与艺术在这里完美地契合在了一起，这里就是北京798艺术区。作为文化创意产业聚集区之一的北京798艺术区，云集了众多的艺术、文化界名流，众多的艺术机构、众多的时尚企业，经过几年时间，已成为北京著名的文化名园。如今，"登长城、吃烤鸭、逛798"已成为国内外游客来北京的首选线路。

798里究竟有什么能如此吸引人，又是何时众多艺术家纷纷入驻？"十一"长假，伴随798艺术节的如约而至（女儿在学校收到了798艺术节的宣传单），我与女儿来到798。

漫步798，你无时无刻不会被眼前充满创意的作品所感染：从广场上形态各异的雕塑，到街边充满时尚元素的小店；从仿古气息浓烈的各式玩物，到因地制宜精心打造的个性门店，无不让人感受到这里充满着艺术创作的青春活力。画廊、艺术馆大都免费向观众敞开大门，人们带着好奇的目光打量着各具特色的当代艺术品，徜徉在无垠的艺术海洋中。更有趣的是，不时看到新人们在拍摄婚纱照，另类的时尚大概是这里成为新人们愿意驻留幸福瞬间的原因吧。

我不懂艺术，女儿似乎也没有艺术细胞，在一饱眼福并如愿将小玩物们收纳为囊中之物并且享受了798特色的洋快餐后，带着我们关心并且经过如此熏陶还未求得正解的问题，来到了朋友的"喜神画廊"。

只见四五百平方米的画廊内人流如织，学生样的参观者居多，我们停留的时间里虽未见有意向的购画者，但各种作品卡片、艺术品杂志的销售极为火暴。还没等我开口，朋友便说，这可是未来十年的购买力呀！

"看似很红火，但目前还处于赔钱经营状态，主要原因是购买力还不行，看的人不少，但真正懂艺术的人并不多（就像我们母女俩吧），但这个现象正逐渐发生变化，我们看好十年之后的市场。"女儿的第一个问题很快找到了答案。

"听说政府是扶持的，应该没有什么负担呀，为什么还不能赚钱呢？"女儿抛出了第二个问题。

"姑娘说得对，政府是扶持798的发展，也正因如此，最开始时的优惠租金政策吸引了很多艺术家来到798。但由于资源有限，后来入驻的就要从别人手里转租店面，有的甚至转了好几手，导致经营者有巨大的负担。也就是说真正的艺术品经营者并非店主，而店主有的根本不懂艺术，而是商人。目前大多数店都在扛着，算是市场的培育过程吧！期待着十年后艺术品市场会有所转机。"朋友坦诚并且无奈地回答着女儿的问题。

第N次来到798，相信女儿的心情会与往常有所不同，可能会多些许沉重、思考，因为她再一次发现，事物的表象与内在是那么迥然不同。

2011年10月10日

个人的成功并非易事，需要外部因素和个人因素共同的作用。才智、勤奋、机遇是一个人事业成功的三个要素，缺一不可。 摄影 高海军

打破思维定势

能够把人限制住的，只有人自己。人的思维空间是无限的，像曲别针一样，有亿万种变化的可能……

聚会时，朋友十三四岁的女儿给大家出了个字谜，结果在场的大人们无人猜出，她说妈妈是用了两天时间猜出来的。当我把同样的谜语说给我九岁的侄子时，他猜出正确答案的时间大约是 5 分钟。谜面是：曰字加竖不加点，甲由申田不许猜。如果你愿意的话，现在可以猜猜看。

中华商务曾组织各下属公司管理团队做"驿站传书"的拓展游戏。参赛的每支队伍都由多人组成，并面朝同一个方向顺序就座，任务是将队尾获得的信息传递到队首。看似简单甚至无聊的一个游戏，不同团队传递同一个信息的结果有天壤之别。

准确、迅速，这两点都取胜才是最终的胜者。当原来使用过的手段不能再用时，有的团队几乎陷入手足无措的境况，因为所有可以传递信息的手段，如通过语言、声音、手势、纸条都已用尽。而出其制胜的团队，他们采用了整个团队集队后退，直到队首的人看到队尾的人放到椅子上的信息，队伍再反向复位，这既未违规，又于几十秒内获取了信息，从而取得了胜利。

"驿站传书"带给人的启示是多方面的。成功一定离不开良好的团队协作、优秀的领头人、现代化传输工具（如手机）的利用等，而不成功的主要原因则可归结于思维定势限制了人想象力和创造力的发挥。

上面的谜语也是同样道理，不能很快正确猜出，大体也是被思维定势所束缚。

先前形成的知识、经验、习惯，会使人们形成认知的固定倾向，从而影响后来的分析、判断，形成"思维定势"，即思维总是摆脱不了已有"框框"的束缚，表现出消极的思维定势。

认识的固定倾向是一种习惯，而习惯却是一种因循式的思维形式。习惯——已经熟练掌握的不假思索的反应行为和适应行为，经常使不饥而食、不困而眠、不愠而吼、压倒合理的思想而不给它以自由发挥的机会。

人的知识和经验越多，会在头脑中形成较多的思维定势。这种思维定势会束缚人的思维，使思维按照固有的路径展开。

人们在一定的环境中工作和生活，久而久之就会形成一种固定的思维模式，使人们习惯于从固定的角度来观察、思考事物，以固定的方式来接受事物。相对来说，随着年龄、经历的增长，认知的固定倾向也越明显，越容易被固定的思维模式所禁锢。

有一个被广为教授的案例：一位公安局长在路边同一位老人谈话，这时跑过来一位小孩，急促地对公安局长说："你爸爸和我爸爸吵起来了！"老人问："这孩子是你什么人？"公安局长说："是我儿子。"请你回答：这两个吵架的人和公安局长是什么关系？

这一问题，在100名被试中只有两人答对！后来对一个三口之家问这个问题，父母没答对，孩子却很快答了出来："局长是个女的，吵架的一个是局长的丈夫，即孩子的爸爸；另一个是局长的爸爸，即孩子的外公。"

为什么那么多成年人对如此简单的问题解答反而不如孩子呢？这就是定势效应：按照成人的经验，公安局长应该是男的，从男局长这个心理定势去推想，自然找不到答案；而小孩子没有这方面的经验，也就没有心理定势的限制，因而很快就找到了正确答案。

　　这是一个需要创新的时代，都说创新要从思想的创新开始，而思想的创新，就必须从冲破思维定势开始。也许我们正被困在一个看似走投无路的境地，也许我们正囿于一种两难选择之间。这时一定要明白，这种境遇只是因为我们固执的定式思维所致，只要勇于重新考虑，一定能够找到不止一条跳出困境的出路。

2011年9月16日

　　官方的销售数据我们不得而知，但购买力和人气的火暴，说明实体图书的主导地位仍将延续，特别是内容好和绿色印刷的书籍仍有广阔的市场空间。　摄影　胡桂绵

金色的收获

本文是《文化·激情·创新》的后记。出书完全是计划之外的，与张林桂先生合著这本书，是基于其即将退休时约我友情执笔，马上要交付印刷了，还处于懵懂的状态，不知道该说什么……

8年，是一个不长但也绝不算短的时间。

说它不长，是因为在人类历史的长河中，8年时间显得那么微不足道；说它绝不算短，是因为8年光阴，对于人的一生来说又是那么弥足珍贵。

说它不长，是因为在优秀企业生命周期的长程循环中，8年时间，企业正处在成长期通往成熟期的轨道上；说它绝不算短，是因为很多企业两三年甚至更短的时间便经一刻辉煌后瞬间败落。

8年时间，华联印刷的生命曲线从初创期、成长期，发展到如今的成熟期。对于这期间发生的一切，我是参与者、见证者，也是一个观察者。

贯穿于华联印刷8年之中有很多事情，其中不能不提的就是每年的口号征集活动。2010年，品牌提升年的口号征集活动，员工投稿总数量达1398条，创下了8年以来的最高纪录，这一现象深深触动了我，使我产生了将8年口号汇集成册的冲动。然而当仔细斟酌后，我认识到口号只是一个载体，每年口号评选活动的成功、投稿的创纪录从表面上看似乎并非难事，它不能代表企业经营的成功。华联印刷经营的成功和品牌的形成需要用一本书来记载、来传播。

2002~2010年，沿着时间的经度，华联印刷在不同时期选定一个关键的系统问题作为突破口和切入点，管理目标重点突出，循序渐进，张弛自如，成效累加。突破管理的最小瓶颈即抓管理的主要矛盾，形成了独特的"提纲挈领式"管理风格，这是经过8年时间印证的成功的管理方法，任何企业在不同发展阶段都可考虑借鉴这一方法。

人、企业精神、文化、管理上的个性，是构成华联印刷管理纬度的几大因素，它们互为依托，缺一不可。这其中的关键无疑是人，而关键中的关键便是个性特征十分明显、管理能力十分突出的张林桂先生。在张林桂的领导下，华联印刷不仅生机勃勃，而且充满个性。"文化、激情、创新"，是张林桂的个性，也是华联印刷的个性；是张林桂的优势，也是华联印刷这个品牌的核心价值所在。

就这样，从时间的经度和管理的纬度，找出一个印刷企业成功的秘诀，让更多的印刷从业者从中得到启示。本书的策划思路便如此清晰了。

于是，立即行动。张林桂先生以最短的时间完成新作数篇，构成了本书的主体框架，我亦受出版社之邀写作了部分文章。当然也不可避免地收录了张林桂先生及我的部分已发表过的文章，以使全书内容上更加完整连贯。

有幸在张林桂先生的带动下，将这些年在企业管理实践中的些许体悟，对管理理念、思路、方法、执行力、企业文化构建等问题的初步认识进行梳理和剖析，并终成此书，是对自我的一次莫大挑战，是我人生至今的金色的收获。由于本人学识有限，对本书的策划和所写文章的不足之处在所难免，敬请各位读者朋友及时指正。

借本书即将出版之际，我要真诚地感谢在我22年的印刷职业生涯中，曾给予我关心、帮助的所有领导、师长、同事和朋友们。

2010年6月1日，《文化·激情·创新》出版后记

广博的学识，必胜的信念，阳光的心态，善良的为人，形成了一张精神名片，形成了一个强大的气场，使他在职场上游刃有余。

摄影 孟昭恒

一次监狱之行的启示

第一次走进监狱，这个在影视剧中才能看到的地方，揪心，震撼，惋惜，同情，宛如梦境一般……

一个陌生的地方

从没想过自己会跟监狱有一次亲密接触，也没想到自己能有机会亲自面对犯人，更没想到一次监狱之行会让我的内心如此震撼。

燕城监狱位于河北省三河市燕郊开发区，是司法部直属的一所监狱。这里关押的主要是职务罪犯，除此之外，还关押着普通罪犯和外国籍罪犯。近日，我第一次到了这里，也是有生以来第一次参观监狱，感觉和想象中的截然不同。想象中应是铜墙铁壁，戒备森严，待真正进入院内，几座高大的建筑物和宽阔整齐的环境，让人感到庄严、肃穆且不失典雅。如果不是周围的高墙林立，丝毫感觉不到已进入了一个特殊的地方。不难看出，这是一座现代化文明监狱。

这里关押的职务犯，都是厅局级以上犯人。进来时他们年龄最小的38岁，目前平均年龄只有50多岁。

一位原为国家某开发银行副行长的犯人，在警察的带领下，匀速、平和地走向台上，轻轻地、缓缓地坐下，表情平淡、漠然。他进入报告厅的一霎那，现场顿时沉寂下来，所有人的心中也都滑过一丝丝凄凉，因为绝大多数来者恐怕都是第一次亲眼见到犯人，并且是无期徒刑的高官犯人，身临其境的震撼是任何其他教育方式所无法达到的。这个50岁左右的原国家厅局级干部，虽已在这里改造了很多年，但仿佛还未从当初被宣判的噩梦中惊醒，仍无法面对和接受这样的事实，因为看上去，这个人像是个矛盾体，无法揣摸其内心。他手里拿着厚厚的文字稿，基本是一字一句念了下来，从中我感受到了他那颗压抑的心灵和冷漠的情绪。他18岁入党，20岁就当上了村支书，随后的政治生涯更是平步青云，是典型的政治早熟，才智超群，年轻有为，提拔迅速的人才。由于对金钱和物质生活的过度奢求，他滥用自己手中的职权，贪婪欲望和侥幸心理使他受贿巨额财产，导致锒铛入狱。30分钟的讲述他始终低着头，目光没有一秒钟与台下的人对视，然而他发自肺腑的忏悔让在场的人无一不感到强烈的震撼：

"从人上人到阶下囚，就是从天堂到地狱，代价太大了。"

"如果我不出事，我的家庭将是一个令人羡慕的家庭。"

另一位原国家体育总局高官面对来宾时，表现得则有所不同。他大胆注视着台下的人，目光诚恳、专注，那眼神里饱含着对自己无知的忏悔，对家人的愧疚，对自由的渴望和对美好事物的无限回忆。曾经年轻有为的他，认为交往中讲人情、重情谊是东方文化的特色，把行贿受贿行为看做是礼尚往来，人之常情，甚至认为拒绝受贿伤害感情。如今，他痛恨万分，诚恳地告诫人们一定要慎重交友，懂法守法，千万不能耍小聪明。已经过了8年铁窗生涯，在说到自己给家人和社会带来的巨大伤害，他还是几乎难以控制自己的情绪，他说："利用每月一次的通话机会跟80多岁的老母亲说话，是我最难受的时候。由于不忍心把真相告诉年迈的母亲，因此每次都要撒谎，说在忙工作；一个人如果跟亲人都不能说真话，这就是人生最大的悲哀。"

他们的材料准备得很充分，表达也非常有水平。能够有勇气剖析自己的心路历程并为反腐败工作提供反面教材，这无疑是他们在监狱改造的很好的例证。

社会上关于职务犯罪耸人听闻、触目惊心的案例有很多，职务犯罪也颇为引人关注。剖析高官的犯罪现象，他们普遍文化水平高、智商高，他们以身试法的首要原因不是无知，而是贪婪的心理。人本性是贪婪的，但人又是受到道德和法律约束的。相对于普通百姓来说，高官的自我约束能力更差，究其原因，由于他们的社会地位形成了被保护能力，官位越大，被保护的能力就越强，保护伞也就越大。以至于他们怀着侥幸心理，拿政治荣誉和社会地位做赌注。高官犯罪的另一个重要原因是监管制度的不健全。好的制度可以让坏人变好，坏的制度可以让好人变坏，不受约束的权力必然导致腐败，这是基本的常识。在领导岗位或权力部门的干部固然容易受到诱惑，定性不足，但只要监督到位了，权力受到约束了，则会制止其犯罪动机于未萌状态。因此，制度的不健全是国家公职人员和高官犯罪的"温床"。

自由，是人的全部

参观了普通罪犯的劳动车间。年轻的罪犯在制衣车间按照工作流程进行劳动，制衣车间规模不大，但管理整齐有序。由于对着装和发型有统一的要求，并且安排在车间劳动的都是年轻人，因此，从车间走过时，看到的是一个个清秀、干净的面孔，看起来都不像农村的孩子。他们不自觉地一边做着手中简单的工作，一边下意识地抬起头，轻轻地扫视着来宾。目光淡淡的，其中饱含着无奈、期盼、悔恨、茫然，也还有些许的振作。

年轻与罪犯，两个似乎不可能同时出现的词汇在一起出现了。这些70后、80后犯罪人员，是在充分享受改革开放所带来的宽裕物质生活条件下成长起来的。在这种社会背景下，对金钱的渴望乃至拜金成为许多人的心理特征，追求虚荣、盲目攀比，在心理失衡的情况下，很多年轻人采取了非正常手段，如盗窃、抢劫、强奸等行为，误入歧途，最终走上了犯罪的道路。如果说高官犯罪使他们丧失了政治地位和荣誉，那么年轻罪犯的代价则不仅是自己的前程，更有给亲人带来的毁灭性打击。

监狱的管理是社会文明的一个窗口。在这所监狱，犯人工作和生活的区域宽敞、明亮、整齐、干净，一切都显示了对犯人应有权利的尊重，然而，我们更看到了对犯人人身自由的限制。或许只有身陷囹圄，才会渴望自由；或许只有失去了自由，才能体会何谓自由。

——铜墙铁壁，人插翅难飞；

——穿着"号服"，即打上了"囚犯"的烙印；

——监舍24小时监控，无丝毫隐私可言；

——亲人每月一次的探视，隔着厚厚的钢化玻璃……

一位犯人说，假如让他重新描绘幸福人生，那就是八个字："一家团圆，粗茶淡饭。"然而，人生什么药都有，唯独没有的就是"后悔药"。面对遥遥无边的刑期，他们只有努力表现，争取减刑。

现代社会充满了诱惑，权力与利益抗衡，贪婪之心与法律底线PK。作为企业的各级管理者，作为职场的一分子，我们每个人手中或大或小都有着一定的权力，一定要明白，权力只意味着责任。

其实人一生的追求是很朴素的，人一生能够幸福的理由是多方面的，不论权势大小、财富多少，都可以拥有幸福。现代社会给了每一个人公平竞争的机会、创造财富的机会，有更高职位、更高权力的人在职场更容易取得成功，也就会更容易获得幸福感。但如果利用职权获取不义之财，势必寝食难安，如突破道德和法律底线受到制裁，不仅给社会造成极大危害，更会给自己和家人带来无法抹去的阴影，致使全家的幸福荡然无存。

让我们善用手中的权力，用自己的勤劳和智慧换取坦荡的幸福和无悔的人生。

2010年3月11日

上：大凡职场中的人，都会不甘平庸，都会在有意无意间不停地修炼，以使自己与众不同，取得成功。　摄影　孟昭恒

下：作为印刷人，更有必要不断修炼和培养自己的文化内涵，成为真正的『文化人』。　摄影　胡桂绵

劳动照亮人生

这是我第三次到访监狱，发现"劳动照亮人生，技能改变命运"的治监理念与企业人力资源管理的思想是如此的相似……

冬至后的第二天，冒着凛冽的寒风，我如约到达了戒备森严的燕城监狱。这是我第三次来到这里，到访的时间不长，却收获颇丰。

与我们印象不同，表面上看去监狱铜墙铁壁戒备森严，但实际上他们是愿意并有适合的机制与社会资本进行合作的。与社会资本合作建立适宜的项目，这既可以成为犯人劳动改造的平台，同时也可创造收入，从而改善监狱的软硬件设施。

谈话间，有位朋友刚好打来电话，因为时值春节，很多外协厂都已放假，想问问监狱是否可以帮助他们完成一批印刷品装塑料袋的手工工作。监狱长就此具体问题的回答让我感到很意外。

监狱长说，作为司法部直属监狱，人员及基础设施等所有费用都是国家专项列支，监狱不需要为了生存而创收。监狱与外面的合作是有选择性的，目的只有一个，那就是让犯人劳动改造的同时能够学到技术，以使他们刑满之后能够自食其力，能够成为对社会有用的人。因此，像上面提到的这类临时性的简单劳动，不论给多少钱，监狱都不愿做。监狱收支严格按两条线进行，即所有支出统一由国家安排，所有收入也单独上交，不过上级部门一般是将监狱创造的收入全额投入到改善监狱环境当中，这样的财务管理有效地抑制了单纯牟利的经营性行为，净化了监狱与外界的经营合作关系。

在我的印象中，监狱让犯人干活的目的主要是让他们有活干，因此认为，可能越简单的工作交给他们越适合，至于技术性强的工作恐怕他们力所不能及，现在看来他们还要"挑活"了。

当我流露出这样的顾虑时，监狱长说，监狱的管理可能会比社会上的公司更加容易，因为这里的杠杆是"减刑"，"减刑"的度量单位少则一小时、几小时，多则一天、几天，这对于所有犯人来说比任何物质奖励都重要得多。如果通过劳动的积累减几个月或一两年的刑期，他们便可以早日与家人团聚，早日过上正常人的生活，这是所有身陷囹圄的犯人在狱中唯一的期盼和追求。因此，只要工作标准明确，他们是有非常高的工作热情的。

听着监狱里的事儿，我不禁好奇地问监狱长在这里工作是否会感到压抑，得到的答案出乎我的预料。他说，在这里工作不会感到压抑，只是背负的责任太过沉重。

如今，犯人的改造方式已远不止我们印象之中单调乏味的劳动，而是针对不同年龄段、不同学历背景、不同专业特长的犯人，安排他们不同内容的工作。比如学历很高的有科研工作基础的犯人，会为他们提供电脑及相应的科研设备，而年轻的犯人则会被安排学服装加工、汽车维修等技术。

监狱提出了"劳动照亮人生，技能改变命运"的口号，鼓励犯人多掌握技能，争取刑满释放后能够成为社会有用之人，这也是现代治监的根本目标。这些在常人看来"罪有应得"的犯人，不仅在服刑期间得到了充分的关怀和尊重，而且其未来已被规划和考虑。

随着对这样一个特殊领域越来越多的了解，内心也多了一份对监狱管理者们的敬佩。

2010年12月27日

传统文化是一个民族的根基，对于任何一个民族来说都是如此。

摄影 车梅

仪式的力量

　　人们不缺少思想，而是缺少思想的统一和共鸣。仪式就是可以统一人们思想，并可以梳理人和时间的经纬脉络的很好方式……

感受仪式的新意

　　虽然自己从未真正离开过这个集体，如今静静地站在队伍里，感受着这再熟悉不过的情景，心情仍然不平静。这是2010年4月1日华联印刷开业后第八个年头品牌提升年的动员誓师大会，还是在玻璃幕墙外的小广场，同样是在初春之际，看到的是又多了几分成熟自信的一个个熟悉的面容，即将举行的升旗仪式也一定被赋予了不同的内涵。尽管，从表面看来，昨天、今天与明天，太阳照样升起，去年、今年与明年，旗帜依旧鲜艳。可总觉得，在这一天心情会有所不同。

　　张总依旧是一袭藏蓝色西装，表情平和而坚定，他带领高管团队整齐地站立在旗杆的西侧，与车间员工队伍相视而立，左前侧是科室员工队伍、右前侧则是为升旗仪式礼毕后仪仗队预留的位置，四支队伍形成一个方形的闭环，有序而紧凑。员工们着装整齐，精神饱满，情绪高昂。大家翘首企盼着升国旗奏国歌这一神圣时刻的到来。

　　在众人的注目下，13名英俊挺拔的仪仗队员正步走向旗杆下，随着国歌奏响，三名训练有素的护旗手潇洒干练地将三面旗帜缓缓升起。全体员工注视着国旗、香港区旗、厂旗的冉冉上升，和着音乐轻声吟唱着国歌，眼中饱含着无比的虔诚和专注。旗帜在明媚的朝阳照耀下显得格外鲜艳，在春风的沐浴中飘扬得无比舒展，1000名员工的心也随之紧紧地凝聚在一起。

"为了让华联印刷持续前进，不断发展，我们就要找问题、找差距，就要维护品牌、提升品牌，所以，在公司正式经营的第八个年头，我们确定为品牌提升年。总口号十分简单，那就是：优秀的环境，优秀的产品，优秀的员工，优秀的品牌！""用具体有效的措施和办法使我们的环境更美、产品更美、员工更美，使华联印刷品牌更加光彩夺目。"这时随风飘入耳畔的总经理的动员令，话语格外铿锵有力。

升旗仪式举行的时间是早晨 8:15，正是到开发区上班车辆的高峰时段，透过厂院围栏，我看到车里的人们纷纷摇下车窗向院内眺望，道路上的车辆因为减缓了车速而发生了拥堵。同样的情景在每年 5 月、围栏上月季花绽放形成排山倒海之势的时节也会发生。

体会仪式的力量

一个仪式缘何有如此大的力量？仪式是文化的载体，是一种巨大的力量。国家有国家的仪式，企业有企业的仪式，家庭有家庭的仪式，一个成功的仪式所产生的强大感染力可使参与者达成思想上的高度和谐与共鸣。其实我们的生活中到处都是仪式，伴随着人的"长大"，除了时间默默地在佐证外，还需要有一些更直接的仪式来梳理人和时间的经纬脉络，从经历的各种仪式中受到启迪。如孩子的成人礼，作为一种对人生本体的关注、对人类历史责任承继的关注，自古有之，中外通行。通过这个刻骨铭心的事件，使孩子从内心深处获得力量，激发潜在的动力，认识到自己将承担起成人的责任。宗教朝拜仪式也能很好地说明仪式的力量。很多善男信女并不一定很了解佛教本身，但这并不妨碍他们对佛教的信仰，原因很简单，是仪式的力量。

很难想象没有了仪式的国家、团体，甚至家庭会是什么样子。在众多仪式中，升旗仪式无论对国家，还是对企业、公民都是一个最为郑重的仪式，在升国旗的一霎那，民族责任感和凝聚力被瞬间放大，参与者的心灵会受到洗涤和震撼。

升旗仪式的力量如此之大，是否善于发现"仪式"与"形式"的不同，从而利用这份力量也取决于管理者的不同认识程度。逢重大活动、重大节日，通过升旗仪式向员工传递企业理念、企业文化、价值导向、职业精神，同时培养员工高尚的集体主义责任感和使命感，可以达到事半功倍的效果。

如果说年年举办的迎春晚会是华联印刷一次员工娱乐的盛会，如果说每年8月的宾客迎门高朋满座是盛大的生日庆典，那么，同样进行了8年的升旗仪式则是企业奉献给员工的"心灵鸡汤"。迎春娱乐盛会、生日庆典、升旗仪式这三项活动不自觉中成为了一个约定俗成的习惯，贯穿于华联印刷的生产经营活动之中长达8年。

更多仪式

生日庆典

生日是一个值得纪念的日子，每个人、每个单位都会以不同的方式纪念自己的生日。8月16日是华联印刷的生日，公司每年都会有形式各异的生日庆祝仪式。将满八岁的华联印刷至今已以其独特、生动、丰富和与众不同的方式度过了7个生日，并迎来她的第8个生日。

开业庆典的宾朋满座，领导云集，一岁生日的赠送纪念树抽签挂牌仪式，两岁生日公司异彩纷呈的八大展览，在北京饭店灯光璀璨，富丽堂皇的金色大厅与中华商务共庆三岁生日，在开放月中迎来四岁生日，在生日歌中切开五个生日蛋糕，在浓烈的文化氛围中度过六岁生日，华联印刷每年都以庆祝生日的方式向员工、向社会递交一份让人满意和欣慰的答卷。

开机仪式

2009年2月5日上午，《钱文忠解读〈三字经〉》一书百万册开机仪式在北京华联印刷有限公司举行。中央电视台科教中心文化专题部副主任魏淑青，中央电视台《百家讲坛》栏目制片人方卫，著名国画家、该书插图作者杨彦，中国民主法制出版社社长杨瑞雪、副总编辑陈时恩，华联印刷前任总经理等出席了开机仪式。作为国内第一家与《百家讲坛》签约合作的出版机构，民主法制出版社继《于丹〈庄子〉心得》后，再次推出讲坛同名图书《钱文忠解读〈三字经〉》，全书共50万字，分上、下两册出版。

华联印刷自2002年开业以来，为很多大的印制项目举行了开机仪式，包括《王光英画册》、《解放军画报》、《中国国家地理》百万册下线仪式等。为一本书的印制举行开机仪式或下线仪式，公开表达对客户质量和服务的承诺，足以表示华联印刷对VIP客户的重视和对公司实力的信心，通过郑重的仪式，使合作双方在思想上达到高度和谐统一。

升旗仪式

华联印刷逢重大节日必举行全员参与的升旗仪式，从2002年开业之日起一直坚持不懈。每年的主题年举行动员誓师大会，其中重要的一个项目就是升旗仪式。每年的厂庆日8月16日，每年的安全生产月启动日也不例外。如本文第一部分所述，升国旗奏国歌是一个神圣的时刻，它承载的是一种文化，传递的是一种力量。

有些事情看起来并非遥不可及、高不可攀，然而一件事情做一次容易，持续八年始终如一就需要顽强的毅力。如果每年有几件大事都能坚持不懈，这就不止需要超人的毅力，还需要信念的支撑。如果还有诸多数不清的事情能够八年如一日地坚持，除了毅力、信念，还需要智慧、魄力和远见。为了既定的目标，八年如一日地不懈努力，华联印刷品牌的核心精神已悄然形成。在这其中，华联印刷恰当地发挥了仪式的作用。

2010年5月10日

上：用文字作为绳线，将它们串成长长的珠链，你会发现，即使痛苦的记忆也变得如珍珠般美好。 摄影 胡桂绵

下：不断超越自我，做好每一次选择，把握每一次机会，成功便会如期而至。 摄影 高海军

把握命运

有人抱怨世事不公，自己为何得不到幸运之神的垂青。稍微留意便会发现，大凡成功者比别人多的，往往是在正确方向上的坚持……

一天早上刚进办公室，一位年轻的员工也随即到了我办公室门口，见状我赶紧招呼他进来。按照正常的工作程序，除非紧急情况，员工有事应先去找部门主管或者职能部门，一般情况下我不应也不会直接就员工的反映做出具体的决定。因此，一线员工直接找我的情况并不多见。当然，这并不代表不允许员工越级反映问题和沟通思想，如果员工认为有必要，或者由于一些主管的不作为使员工不得已而越级反映情况或提出建议，我认为是很有必要也是应当大力提倡的。

银牡丹2009年底从顺义搬迁到亦庄，实现了中华商务整合北京地区资源的第一步。搬迁，对于任何一个企业来说都是件大事、难事，如果还要保证各项生产经营活动都正常进行，也就是要保证生产、搬迁两不误，这使得搬迁工作难上加难。因为方方面面都是动态的，客户信任感打了折扣，员工思想的迷茫和动摇，劳动纠纷的增加，技术人员的流失，客户的抱怨，这些情况的难度是始料未及的。

在面对很多主观上难以控制的局面一筹莫展时，我们第一次深切体现和感受到了来自中华商务集团的优势和力量，深圳、上海的安全印务企业以及北京华联纷纷派出精兵强将，借调到银牡丹。眼前这位20岁出头的年轻人便是从华联印刷的设计部借调过来的。如今搬迁已完成，为使员工的劳动关系明确和直接，借调的员工有两个选择和安排，即调回华联印刷，或者正式调到银牡丹。从人力资源部得到信息，这个平面设计师已决定留在银牡丹，但其中原因不得而知，听后我对他的这个决定将信将疑。今天他找我，恐怕是有什么条件要谈了。

"感谢你能看到银牡丹的优势，选择留下来！" 我轻松地启动了谈话。

"不，不是优势，是我发现了银牡丹的劣势！"他的表情简单而平静。

"喔，还是华联印刷好？"他的回答显然出乎我的意料。

"对！在华联印刷我们设计部的气氛很好，都是设计专业毕业的，由于年龄和专业相近，大家共同语言比较多，每个人自身的提高也会比较快。而在银牡丹，印前除我之外都是做制作而不是设计，因此大家聊的内容也不在专业上，都是家长里短的生活琐事，同事们想的事情相对质朴、简单。"

"那么你还考虑留下来吗？"

"我考虑留下来。我说了华联的优势，也正是我们的劣势，而我们的劣势正是我们的希望。其实，银牡丹客户对设计的需求是与日俱增的，如果我们能看到这一点并迅速提高设计能力，将会提高我们接单的主动性。这里只有我一个学设计的，将来所有设计都会落到我头上，虽然工作压力很大，但我把它当成是机会。由于直接接触客户的机会很多，提升的空间自然也很大。这就是我选择留在银牡丹的主要理由。虽然这里的条件没有华联印刷优越，但我知道，人生的每一次选择，都会有得有失，经过思考和权衡，我决定放弃相对优越和谐的工作环境，换取我在这里的被重视和足够的发展空间。"

他一股脑说完了他的想法，表达得直接、清晰、自然，这俨然是一个有过多年历练的成熟男人的职业态度。然而，他今天跟我的交流，最终表达的还是希望公司能够重视设计，能够在未来的一两年内，将公司的设计部门建设成为卓有竞争力的核心部门，以此提高客户的忠诚度，提高产品的附加值。而他自己，也能随着这个平台的逐渐提高，使自己的设计潜能被充分挖掘。

说真的，银牡丹和华联印刷并不处在一个发展阶段。银牡丹的规模、效益、工作氛围、人员结构都远不如华联印刷，特别是平面设计师这样的岗位，它需要一定环境、文化的衬托，因此，他们对工作条件、待遇的攀比在所难免。而今天站在我面前的这个80后年轻人，能够以这样清醒谨慎的态度对待自己这次职业选择，能够这样深思熟虑来决定自己的工作变化，不人云亦云，不矫揉造作，这颠覆了我曾经对他们这一代人的印象。

这两年，"用工荒"愈演愈烈，各企业都面临着招人难、招到合格适用的人更难的困难。即使人招进来了，1个月、2个月，甚至一两天就有相当一部分人待不下去了。

城里孩子缺乏吃苦精神，高不成低不就，如此便形成了啃老一族，即使是农民工中也不乏游手好闲之人。我问过很多年轻的农村员工，他们的父母大都也正是打工的年龄，况且老家毕竟有房有地，以至于这些人往往对职业没有明确的定位和追求，有时会不假思索毫无商量地不辞而别。这是正常的社会现状，也是令人悲哀的现实问题。

庆幸的是，在我们的企业中，有不少向这位设计师小伙子一样可以把握自己前程的人。是金子总会发光的，这些懂得只有耕耘才有收获、知道认真把握每一次选择的机会的年轻人，必定会在不远的将来成为企业的栋梁之才，实现个人价值。

2010年12月23日，曾刊于《印刷经理人》2011年第5期

上：与家人久别后相逢的欣喜和激动，衣锦还乡给家人带去骄傲和满足，这些，是本地人无缘亲身体悟的。 摄影 车梅

下：8年，是一个不长但也绝不算短的时间。说它不长是因为在人类历史的长河中，8年时间显得那么微不足道；说它绝不算短，是因为8年光阴，对于人的一生来说又是那么弥足珍贵。 摄影 胡桂绵

午后时光

人们如此渴望健康，又是那么不珍视健康。阳光是大自然赐予人类最好的礼物，尽情地享受它，你会拥有更健康的体魄……

由于工作节奏的加快和上下班路途中的奔波，身心长期处于轻度疲倦和亚健康状态中。为了保证下午有良好的精神状态，我便抓紧一切可休息的时间调整自己的状态，每天午后便在办公室的沙发上微闭双眼，调整呼吸，放松身体，时间久了也便形成了习惯。直到有一天，华联印刷的一位同事漫不经心的一句"经验之谈"，使我对这个"良好习惯"有了新的认识。

一天在午餐时遇到这位同事，餐后便随她一起迎着温和的阳光围着厂区散步，脚下踏着残雪发出"吱吱"的声响，让人感觉到人与自然已经融合。由于远离了工作环境，无须再为工作上的矛盾纠结，也暂不必顾及案台上的未了之事，没有等级职位，没有提防戒备，只有相伴而行的如水般的友情，彼此之间聊的内容也十分轻松愉快，有美容秘籍、养生经验，有儿女教育、理财规划……

原来，她每天都会利用午休时间转上一大圈，只要上班便会坚持，不避寒暑，不惧风雨，已坚持了好几年。这次偶遇后与她同行，聊天中得知我有"午休"的习惯，便诚恳地指出了我的"问题"。她说，俗语"饭后百步走，能活九十九"是有它深刻的道理的，像我们上班族，每天早出晚归，几乎见不到阳光，周末又有一大堆的家务事，不可能有大把时间做运动或休闲。午餐后刚好有半小时，时间虽不长，但长期以往坚持下来，效果特别好。谈到我的"午休"是为了保持下午有良好的精神状态，她又告诉我，不尽然，看似合理的午休，用在你身上就有不合理之处。已退休在家的人，他们大都有午休的习惯，但是他们会有其他时间到户外，我们没有别的时间运动，那么，利用中午时间稍微运动会更合理。

她还告诉我，21天就可以养成一个习惯，你习惯了午休，就会在那段时间感到困倦，过段时间以后你习惯了不休息，也就不会感到困倦了，反而不活动才会不舒服。当然，晚上要早睡，别让自己缺觉。听了她的一席话，再看看她50岁出头但依然保持着标准的身材和红润的面容，顿时使我对这件事产生了极大的兴趣。

2010年8月，我的亚健康到了极点，终于有了一次"火山喷发"，头晕、无力，身体机能产生了全面的紊乱。那一次，我开始意识自己已不是若干年前的"年轻人"了，我开始意识到长期不健康的生活习惯可以对身体产生巨大的损害，我要求自己从此建立有规律的生活和良好的习惯，要坚持放松心情、适当休息、持续锻炼。直到那次偶然的交流给了我极大的启发，让我从"思考"变为"行动"。

从第二天开始每天午餐后，我会与她及其他几位同事相约而行，沿着厂区周围宽阔的马路快步行走，有时还会做出适当的肢体行动，深深地感受着郊外的新鲜空气和难得的人迹稀少的清静。我在想，如果每天都能这样"郊游"，那么单位远在郊区的缺憾也便成了可遇不可求的机会了。

在我开始这个行动一个月有余的时间里，每天虽少了午间的休息，但并未感到疲劳和困顿，反而感到下午的精神更加充沛和振奋。我深信，积土成山，滴水成河，只要坚持下去，这短短的午后时光将会对我的健康产生不可估量的益处。

习惯形成性格，性格决定命运，好习惯能够造就人，坏习惯可以摧毁人，好的工作习惯可使人成功，好的生活习惯可使人健康。因此，要想做一个成功并健康的人，就请从养成良好习惯或者说从改变坏习惯开始。好习惯与坏习惯没有明显的界限，就看每种习惯产生后果的好坏，因此，除了明白这通俗的人生道理，还要有足够的知识来帮助我们判断哪些事情该去选择，哪些事情应该摒弃。

现代职场中人的不良生活习惯随处可见，酗酒、熬夜、聚餐、缺乏运动，这给人们造成了巨大的健康危机。遗憾的是，身边多数人仍以"无奈"、"没时间"、"这是工作"等理由，被动地接受着危害，拒绝着健康。如若不是那次病痛的提早发生，我一定不会有如此感受至深的醒悟。尽快放弃各种不良生活的理由不是一句可听不听的劝告，而是一份责任，是为了让悲剧不发生，是为了让个人和家庭的幸福能够延续，是为了让生活变得更加美好。

2011年2月14日，曾刊于《印刷经理人》2011年第6期

他们的快乐源自内心，他们将快乐带到工作中，影响着同事和下属；他们将快乐带到家里，影响着家人和朋友。 摄影 车梅

女人在职场拼杀博弈，在取得或大或小成就的同时，心灵深处往往会产生一丝难以觉察的矛盾和寂寞。 摄影 高海军

美丽源于自信

漂亮与否天生已定，是否美丽却可后天改变。自信可使人焕发出持久美丽的气息……

印刷业惊现"礼仪队"

"剪彩仪式正式开始……"2006年9月11日上午9:45，2006北京双印展开幕式主持人话音刚落，九位穿着统一的红色旗袍、身材高挑且端庄的礼仪小姐迈着整齐的步伐、手捧剪彩用的红花和彩带款款走到舞台中央。

这是两年一度的北京双印展在农展馆新馆前举行的开幕仪式。仪式结束，我邀请本次展览的主办单位领导、北京印刷协会的林总和任总与这九位姑娘在巨幅背景墙前合影。我临时当起了摄影师，端着相机左右移动着身体，试图找到最佳的拍摄角度。这特别的一幕被细心的时任慧聪网印刷频道记者的蔡志华看到，职业的敏感使他早就"盯"上了我和这几个非同一般的"礼仪小姐"，他迅速拿着笔和本跑了过来，对我进行了简短的采访，他的第一个问题是"为什么你会在这里？"当我告诉小蔡我是因为带领华联印刷的员工——这些礼仪小姐因而在这里时，他显得有些惊讶但又很镇静，看得出他已预料到了这些女孩儿一定跟华联印刷有着什么样的关系，可他仍心怀疑虑，一个个问题随即抛了出来。而我呢，也因为话题投机而显得异常兴奋，按捺不住地向小蔡侃侃而谈。

华联印刷的业余礼仪队第一次登上大雅之堂是2005年12月。中国印协的武文祥老先生提出让我与北京印刷学院蒲嘉陵副院长一起主持首届全国诚信印刷企业颁奖仪式，并希望能组织几个员工做礼仪人员。出于对武老的敬重，作为小字辈的我欣然应允了，于是从公司挑选了8位个子高挑、容貌清秀的女孩儿，在服装、化妆等方面做了精心的准备，提前到达了北京前门饭店的梨园剧场。

经过简单的分工，她们各就各位地端庄地站立在明显位置，需要时，引领领奖单位的代表上台，还有两位负责在台上引领颁奖嘉宾颁奖。所有工作并不复杂，关键是要体态优雅、面带微笑，还要有临场的应变能力。没想到姑娘们优雅的姿态和灵活的应变为大会的颁奖仪式增添了光彩，使这场原本枯燥的颁奖仪式有了轻松的气氛。首次出场获得成功，这也标志着华联印刷业余礼仪队的非正式成立。

后来，这支业余礼仪队还多次登台，受邀参加了全国印刷标准化实验基地签约仪式、全国北大方正杯排版大赛颁奖典礼等活动，每次有这样的安排她们都是身体力行，劳怨不辞，自信的笑容、优雅的举止经常得到主办方的好评。

由于这支业余礼仪队已在业内小有名气，北京印协的领导也早就关注过华联印刷这一独特的文化现象，2006年双印展筹备时就希望能"就地取材"，让帮忙组织好开幕式的礼仪工作。基于长期以来华联印刷全力支持协会工作的宗旨，自是不能推辞，于是有了本文开始的一幕。

"当然，我们的礼仪队的训练并不专业，没有足够的时间做"端盘子走"的功课，其每每行走于舞台时所表现出来的美丽，却并非"练"出来的，而是因为自信。"我对记者说。

"她们上台走，心里都会明白，她们代表的是华联印刷的形象。正是一种对青春的理解、对人生的把握使她们进一步诠释了美的含义，扩展了美的内容，使她们看上去很美。"我继续说。

在我的回答下，记者明白了个中缘由，便不再追问一切与训练或者专业有关的问题，因为那些已经不再有意义了。

寻找美丽的理由

这支业余礼仪队的组建纯属无心插柳。由于公司每年都有几次对外、对内的大型活动，最开始是请礼仪公司的礼仪小姐，这些礼仪小姐大都是在校大学生，由礼仪公司临时组合在一起。由于是商业行为，她们不了解活动内涵，不认识所有人员，甚至相互之间也不认识，难免有应付情绪，这使得她们的表情木讷。

2004年，公司一次大型活动之前，有人提出在自己的员工中挑选礼仪小姐，让我们自己的员工锻炼和尝试一下，不仅省钱，还不一定比外面请的人差。这个建议很快得到了落实，于是，组织人、订做服装，简单培训后即上岗，这就是"业余礼仪队"的雏形。

当然，能够很快组织起这样一支"业余礼仪队"，在"无心"当中一定有其必然的因素。公司在招聘员工时对综合素质要求比较高，文员90%以上是大专以上毕业，平均年龄也就22~23岁，因此员工中不乏气质高雅、聪颖活跃的年轻女孩子。来过华联印刷的人都会感觉这里的员工年轻漂亮、活力四射。

公司自成立的次年即2003年开始，每年都有一个"春晚"，除了简单的表彰奖励等活动外，文艺演出是重头戏，这是公司为员工搭建的展现才华的平台和机会。

2005年的春晚，由员工自编自导自演的"时装秀"节目一鸣惊人，经过一番装扮的俊男靓女在台上走着M步摆着POSE，透出时尚高雅的青春魅力。

2006年，普通的时装表演变成了纸艺时装秀——表演在服装上发生了巨大变化，由设计部门的高才生自行设计开发的用彩纸做的时装闪亮登场，这一度成为吸引人们眼球的新鲜事儿，被业内外传为佳话，成为公司每次大型活动的保留节目。"业余礼仪队"的队员是从"时装秀"演员中择优挑选出来的。

当然，春晚中的所有节目都能锻炼大家的表现能力和舞台经验，能加入"业余礼仪队"的人员毕竟有限，但华联印刷的舞台却有无限大。

之后，在媒体上经常可以看到活动照片上有她们的丽影，为此我感到由衷的高兴和自豪，高兴是因为她们不仅把自己美好的身姿表现了出来，更把华联印刷美好的形象展现了出来；自豪是因为华联印刷不仅印刷做得好，也能把"礼仪队"做得好。

有人曾开玩笑对我说，华联印刷有这么多漂亮姑娘，你干脆辞职组织模特队，做经纪人吧，一定能挣大钱。这虽是句玩笑话，却提醒我去探寻这些女孩美丽的秘密。仔细端详每个女孩子，我虽没有发现"国色天香"般的天然的美貌，但从她们眼睛里透出的个性和自信中，我找到了可以成就后天之美的答案——以人为本的人文环境使普通的女孩变得美丽，彰显个性的文化氛围使人内在的美得到释放，华联印刷对新生事物的爱护使美放大。她们与职业礼仪队最大的区别是，职业即商业，商业即注重外在，而她们的美是由衷的，由内而外的美才会魅力四射。

时光荏苒，美丽继续。工作中，她们穿着整齐的工装，迎着纷杂的工作，奉献着青春；"T"形台上，她们迈着整齐的步伐，迎着众人的目光，展示着美丽。

华联印刷是美的摇篮。大家一起在创造着辛苦但快乐的美，享受着紧张而和谐的美，启发着人性追求美的欲望。"美"在华联印刷无处不在，如春风秋雨般无限渗透、延伸，让人感到每个人都是美的核心，每个人都无比愉悦和自信。

2006年12月1日，曾刊于《月季花开》

同样在这个社会中生存，有的感受到的是美轮美奂、美不胜收，有的却是怅然若失、黯然神伤。 摄影 车梅

灵感在这里产生

"沙龙"是个时髦的词汇,透着洋味,其原本也是法语直译过来的。各式各样的沙龙是时代精英聚集的地方,在那里,人会奇妙般地产生灵感……

文化沙龙:华联印刷的悉心之作

作为一个印刷企业,华联印刷已从传统印刷加工模式中跳出,印刷工艺和印刷机械仅仅是其产品实现的必要工具,而非首要条件。其日渐清晰与强劲的企业文化成为一股新的力量,与其资本及市场运作互为表里,共同推动了企业的进步。

伴随着市场的变化和企业的成长,处于同一领域的印刷、出版企业之间,相互沟通,取长补短,互通有无,共谋发展,以合理竞争代替恶性竞争,以联合之力抵御风险的趋势,成为需要,成为必要,成为可能。华联印刷文化沙龙于是应运而生。可以说,这是中国印刷行业前进到一个新阶段的必然产物。华联印刷文化沙龙自诞生之日起,就显示了强大的凝聚力。北京印刷业、出版业精英纷纷参与,其他各界朋友闻风而至。

"沙龙"是法语Salon一词的译音,原指法国上层人物住宅中的豪华会客厅。从17世纪,巴黎的名人(多半是名媛贵妇)常把客厅变成著名的社交场所。进出者每为戏剧家、小说家、诗人、音乐家、画家、评论家、哲学家和政治家等。他们志趣相投,聚会一堂,一边呷着饮料,欣赏着典雅悠扬的音乐，一边就共同感兴趣的问题各抒己见，相互切磋，无拘无束。后来，人们便把这种形式的聚会叫做"沙龙"，并风靡于欧美各国文化界，19世纪是它的鼎盛时期。巴尔扎克在他的《高老头》中就描写过鲍赛昂夫人的沙龙，她是顶尖级的贵族女主人。达官贵人、文化名流、各界精英均是其沙龙的常客。我国元代也有"大都书会"，也是一种沙龙形式。

今天的沙龙具有很强的时代特征，它以不同形式存在于各个领域，如文学沙龙、英语沙龙、文化沙龙以及俱乐部等。随着互联网的普及，网络为各类沙龙提供了更加便捷和宽阔的平台。

华联印刷每年都举办多次文化活动，包括常年举办的艺术展览，经常性举办的各种论坛，举行有计划的或随机性的联谊活动。举办这些活动，首先是华联印刷从中获益，其次是同业同仁获益。从点滴渗透的文化的元素，到整体上强烈的文化氛围，以及张林桂总经理的个人魅力，使华联印刷成为一个各界合作伙伴和朋友们愿意光顾的地方，而沙龙活动则提供了一个可以自然爆发出灵感和思想交流与碰撞的机会。

创立了文化沙龙，使活动有了固定的场所、宜人的环境，因而各种聚会更加频繁、轻松、惬意、有效。华联印刷文化沙龙的中、西两个不同情调的咖啡厅，高朋满座，谈笑风生，每次都会给朋友们留下美好的印象。

出版印刷精英们在这里对话

出版印刷业正处在一个历史巨变和分化、重组时期，出版市场的放开、出版社改制等市场化的进程为企业提供了平台和机会，使很多企业脱颖而出，迅速做强做大，成为行业的佼佼者，但也有不少企业或原地踏步，或早已销声匿迹。

在这其中，供需双方的角色有了变化，出版社对印刷企业的需求已不仅是印刷，而是更多依托于高新技术的附加服务；印刷企业为出版社提供的服务也不能停留在印刷上，而是如何渗透到产业链的前端，在为出版社增值的同时，自身也能谋求到更多附加效益。出版、印刷供需双方如何强强联手，相互融合，探索出一条创新之路、成功之路，这个话题迄今尚无统一答案，但却可以从理念上和方法上进行经验的总结和分享。

作为文化沙龙的一项重要活动，2009年上半年，华联印刷与新闻出版报社共同策划了"出版印刷五人谈"活动，拟分批邀请出版、印刷业知名企业家、专家同台对话，对业内共同关注的话题进行热议，新闻出版报社设专栏进行跟踪报道，将核心观点公诸于报端。

从2009年6月30日开始，每月举办一期，每次邀请出版印刷业五位专家或成功的经理人、企业家参与当期的话题讨论，至今已举办三期。本人有幸聆听、目睹13位出版、印刷业内成功人士的精彩对话。大家轻松畅谈创新、谈机会、谈合作、谈前景，避开微观的具体事物，探讨具有代表性的文化及经营创新现象和成功模式。企业文化和经营本无固定模式，有效的就是好的，促使企业发展的就是优秀的。这种漫谈的形式中，专家们点滴的感悟或许就能给他人以启示，某一个创新的思维可能就会给他人以触动。在当今经济飞速发展的时代，对于很多身在职场的人，书本上的知识已有过时之虞。知识固然不可或缺，但搞企业需要的是知识积累，是实践理性，是智慧，因而把书本知识转化为实践理性、转化为智慧才是最重要的。

因我对印刷别有感情，对印刷的未来怀有憧憬，因而在聆听的过程中始终心灵激荡、思绪飞扬，相信这些宝贵的经验将为更多的出版印刷从业者带去智慧的光芒和灵感的启迪。正像中国新闻出版报社副总编辑所说，"出版印刷五人谈"这一活动本身就是一个创新、一次成功。

文学家、艺术家在这里爆发灵感

在2009年中秋的一次沙龙活动中，总经理在会见著名美术家、人民美术出版社前总编辑刘玉山先生及其朋友时，曾以热情洋溢、极富感染力的语言，向他们讲办文化沙龙的经验，讲"出版印刷五人谈"，讲企业的突破和创新之路，唯独没有讲的就是印刷本身。这让周游过50多个国家、见多识广、外经贸部的李祺先生十分感叹。他说，刘玉山一直说他有一位引以为荣的企业家朋友，他心里一直有些疑惑：印刷企业能好成什么样？这个疑惑今天解开了，华联印刷早已不是我们印象中的传统印刷企业，而是以新的理念、新的视野来经营的一个新型文化企业。从文化廊的每件艺术品，到张总对企业文化理念的悉心经营及其成就，都让其感到震撼。

一个小时左右的接触，还让另一位朋友文学评论家、中国作家协会《小说选刊》前主编冯立三先生兴奋不已。他按捺不住自己兴奋的心情大加赞赏和评论，他说："先进生产力的代表，理应同时成为先进文化的代表。没有相应文化作为支撑的单纯经济活动，既不能持久，也不可能获得长足发展。"

华联印刷于2008年开始建设的文化之翼，已与自己的经济之翼相匹配，协同发展，这是一种真正的企业家眼光，是新的经济自觉之后蝉联而出的文化自觉。这证明我们的企业家是现代的，不是古代的，是有文化的，不是没有文化的，是有前途的，不是没有前途的。这证明该公司总经理是了解现代企业经营之道的真正现代企业家，是有理想、有眼光、有胸怀、有办法、有社会责任感、有道德自律、有功业做基础的当今英雄人物。经济、文化一体化的现代企业，需要一个真正领袖式的人物来打造团队、建立功业。领导英明，群僚奋发，员工积极，华联印刷的成就概出于此。

冯先生表示能强烈感受到总经理作为华联印刷的核心，影响着这个企业，影响着员工。张总的一句话引起了他的注意："给年轻人一个空间！"投入资源让设计人员充分调动自己的才能做自己想做的事，充分放权让年轻人承担重任。这是张总的胸怀，这本身就是一种文化，一种具有极大重要性的文化形态。

西式咖啡厅浓烈的文化氛围，使书法家王之鏻先生不禁挥毫，也使冯立三先生诗兴大发，他用自己即兴创作的一首四言诗《华联》"百忧在心，万事劳形。穷不忘道，达不放纵。经济先飞，文化随行。仁者爱人，天下太平"来评价张林桂先生对文化的热切推崇。冯立三、王之鏻、刘玉山三位先生赠予华联印刷的诗、书、画配堪称绝妙："上善若水"，"积贤为道"，"美与力交相辉映，日与月同时升起"。一画即成，满堂贺彩。

　　沙龙的活动空间是有限的，但沙龙活动的内容却是无限的，每天都有不同的主角在这里表演着，不同的灵感在这里诞生着……

2009年12月23日，曾刊于《印刷经理人》2010年第 1 期

　　一个伟大的组织能够长期生存下来，最主要的条件并非结构、形式和管理技能，而是被我们称为信念的那种精神力量以及信念对组织全体成员所具有的感召力。　摄影　车梅

回眸百年喻今朝

再一次走进沧桑却仍不失优雅的百年老店，品鉴她，欣赏她，解读她……

百年血缘 一脉相承

徜徉在3000年印刷文明的长河中，领略了《金刚经》的气势如虹、《春秋经传》的优美绝伦、《四美图》的惟妙惟肖，更想知道，我们现在这份事业里所一脉相承的，是怎样的血缘。

距今100年前的印刷厂究竟什么样？

距今100年前的印刷品又是什么？

商务印书馆，1897年2月11日在上海创办，距今已有114年。创办之初，它只是一个由四五个人合伙经营的印刷作坊，但却标志着中国现代出版印刷业的开始，在国内外颇负盛名。100多年来，商务印书馆已发展成为当代中国首屈一指的出版和文化机构。

中华书局，1912年1月1日在上海创立，距今恰好100年。中华书局市场定位与商务印书馆类似，以编印新式中小学教科书为主要业务，并扩展到工具书及各类科学、文艺著作的出版和印制，在国内外知名度颇高，影响深远。

这就是距今100年前在中华大地上出现的两大出版印刷巨头，在近代中国出版印刷史上浓墨重彩的两个角色。二者在20世纪初并世而立，其市场份额之大和社会影响之巨，没有第三家可与之匹敌。

由于历史原因，它们先后在香港设立印刷分厂，1980年合并成立了中华商务联合印刷（香港）有限公司，自此，两大竞争对手正式联姻，"中华商务"也顺理成章成为了"贵族后裔"。经过30余年的历练，"中华商务"品牌已悄然形成，而该品牌所传承的正是商务印书馆和中华书局两大出版印刷巨人的血脉。

赏阅古书 探寻答案

在华联印刷大厅"中华印刷之光掠影展"的一个角落，20余本老旧的书籍静静地、平服地摆放在精致的展柜里，即使有的书角已磨损严重，即使有的装订已不牢固，但仍不影响它们悄然焕发古朴的书香。

细细赏阅着距今100年前的印刷品，时而仿佛时光倒流，时而犹如身临其境，让人感动的，除了从产品表象可以分析出的工艺技术上的独树一帜，更有印刷者不断攀登事业高峰的拼命精神。这个不大的展中展"商务印书馆和中华书局百年前的印刷品展"，正是缘起于那份一衣带水的情结。

教科书的印制。20世纪初，清政府废除科举考试，兴办学堂，急需各种教科书，当时京沪等地有多家出版单位试编各种教科书。

到民国初年，商务印书馆和中华书局从众多印书社中脱颖而出，其发行量占当时教科书需求总量的60%~70%。可以说，商务印书馆和中华书局以教科书掘到了"第一桶金"。

精美的工具书。商务印书馆与中华书局在教科书上凸显优势的同时，瞄准的第二个目标是工具书。1915年，中华书局出版《中华大字典》，商务印书馆出版《辞源》，前者用西式精装，后者刚开始是中文古线装，之后也改为西式精装。

两家机构在竞争中共同取得了进步，排版印刷和装订质量在同业中遥遥领先。

大型画册的印制。这本大型画册《最新博物图》，全书有图版上千幅，是商务印书馆应外单位要求印制的。时间虽已愈百年，今天翻阅开来，清利的图文、细腻的笔触仍带给人巨大的享受。其印制水平，足以令后人敬佩。

锌版制版印刷。自使用铅字排版印书，插图版制作就是需要突破的技术。商务印书馆在1905年曾使用黄杨木雕版和彩色石印技术，在1908年开始使用锌版制版，插图质量明显提高。锌版制版是在金属锌版上涂感光胶，经照相蚀刻形成凸版再上机印刷，在图版的印刷中显出明显优于铅印的质量。

网点铜版的开发。从民国元年商务印书馆和中华书局所印教科书的图版，可以看到这些图版虽然清晰程度还不理想，但已有明显的网点。由此可以推断，商务印书馆和中华书局是中国最早使用网点铜版制版的印刷机构。

铜版印刷教科书彩色插图。20世纪初，在北京、上海有多家出版机构编写新学堂使用的教科书，商务印书馆和中华书局所编的教科书内容精要，非常受学生们的喜爱，特别是采用铜版制版印刷彩色插图，大大的提高了这两个单位在市场上的竞争力。

珂罗版印刷。珂罗版印刷于20世纪初传入中国。这种印版制作方法是在玻璃上涂一层胶，经物理化学加工，使胶面起皱并加上感光物质，照相后形成可印刷图纹，不用网点但可以印出深浅变化的层次。商务印书馆和中华书局早在20世纪初就在彩色画册上开始使用。

精装及封面烫金的先行者。商务印刷馆、中华书局在百年前积极引进西方印刷技术的同时，也引进了西方精装与烫金技术。

百年前的纸面布脊精装书。纸面布脊精装书是西方精装书方式之一。这种装订方式比一般精装更简易而且成本低。商务印书馆和中华书局在百年前即用此种装订方式制作中学教科书。展品为民国二年之产品，至今看起来仍坚固如新。

余晖释放　代代传承

寥寥二十几本古书，揭示的只是百年历史的冰山一角。不过举此一隅，已足以让后人肃然起敬，更何况，在其跨越百年的历史进程中，无数个"第一"不仅让它们把握住了数不清的市场商机，更让商务印书馆和中华书局两个品牌毫无悬念地成了当代"中国出版"的代名词。

翻阅早在1934年商务印书馆出版的《近代印刷术》，对商务印书馆和中华书局当时引进新式印刷技术及其重要性的记载跃然纸上。

百年前的印刷品，工艺精湛，内容精准，魅力依旧。品味这些古书的淡淡墨香，能参悟到两家企业的先人，在出版印刷领域是如何革新技术、精益求精、想人所不想、能人所不能的。穿越古书的背后，更感到有一种精神活灵活现地浮在眼前，这种精神就是锲而不舍、孜孜以求。

三千年的古风徐徐吹过。一百年之于三千年，显得那么微不足道，但在中国不过百余年的现代印刷进程中，它是那么璀璨明亮。

作为中华商务品牌的参与者、建设者、传承者，或许我们应该有更多的思考和行动！

2011年11月30日

三千年的古风徐徐吹过。一百年之于三千年，显得那么微不足道，但在中国不过百余年的现代印刷进程中，它是那么璀璨明亮。

摄影 高海军

印刷文明的使者

一个名为"中华印刷之光掠影"的展览让无数到访华联印刷的客人叹为观止……

这是一个浓缩版的中国印刷文化历史缩影，它没有正规博物馆由于过分庄重而带来的沉闷，取而代之的是用现代手法体现出的古朴简约；它没有正规展览馆展品的权威和多样，然而为数不多却极具代表性的展品更容易在人的脑海里留下深刻记忆。

在这个只有百余平方米的展厅里，精美别致的展柜中展出了30余件古物，包括代表印刷术起源的瓦当、帛书，代表印刷术发明的《金刚般若波罗蜜经》，代表两宋时期雕版印刷术繁荣盛世的古籍善本，还有以《四美图》为代表的最早的家庭装饰画，最早的双色套印书籍《金刚经注》，第一部彩色印刷品《十竹斋画谱》。展出的还有活字印刷的始祖、手持活字版栩栩如生的毕昇铜像。

这个小型展览除体现了明代学者胡应麟所说"雕本（印刷）肇自隋时，行于唐世，扩于五代，精于宋人"的我国古代印刷发展历程以外，还对中国印刷术三个划时代的成果进行了总结和概括：雕版印刷术、活字印刷术和以汉字信息处理为核心的激光照排技术，这是中国印刷史上的三个重要里程碑。

现代印刷人受益深远的"以汉字信息处理为核心的激光照排技术"，使中国印刷业"告别铅与火，走向光与电"。经中国印刷博物馆和行业专家反复斟酌，决定把它列为"中国印刷术三个划时代的成果"之一，这一说法可以说具有特殊的历史意义。展览中，在明显位置设立了专区是关于王选院士对汉字信息处理技术所做贡献进行了实物和史料的展示。展出后，王选纪念室主任丛中笑女士曾前来参观，看后很受鼓舞和启发，王选教授的夫人陈堃銶老师知道后也深受感动。除了对印刷文明史的展示和印刷史知识的传播外，这个展览还引起了很多业内外人士对文物保护工作的强烈共鸣和对国家高级专家学者过早离世的惋惜之情。

2007年6月，"知名"的"中华印刷之光掠影展"还受邀进行了"巡回展览"，在第四届北京国际印刷技术专题展览会上亮相。模拟制作的最早的排字设备"王桢轮转活字盘"吸引了众多参观者驻足，栩栩如生的活字制作泥塑生动地再现了古代泥活字的烧制过程。

展览的策划灵感最初来源于时任总经理与朋友的一次交谈。2004年上半年，他与几位艺术界好友交流时受到启发，立刻形成了利用大厅的空间展现中国印刷发展史的想法。他一直认为，印刷术是我国古代四大发明之一，中国印刷文化与中国文明史一样源远流长，中国印刷文化应该得到传播和弘扬，我们应该为此做些什么。朋友也立刻领悟到了他的想法，很快构思了一个方案，两人一拍即合，这样，一个小型印刷史展的方案很快得以实施。

这个方案选择了最具代表性的活字和造纸术为切入点。活字采用半米见方的木材雕刻而成，这一夸张的表现手法除了让来宾产生深刻联想之外，还可以起到很好的整体环境修饰作用，活字的内容是一首古诗和一副对联。古诗是《登鹳雀楼》的全文，上联是"传承中国古老印刷文明"，下联是"弘扬我国现代印艺技术"，横批为"华联印刷"。这些大大的活字高低错落地摆在大厅里，来访的客人闲暇时还可拼古诗和对联娱乐放松。造纸术所用的抄纸槽、抄纸用的稻草等原料、木桶等工具一应俱全，显得非常有趣和生动，充分体现了设计师对印刷史的研究和深刻理解。据说，为了策划此展览，设计师专门到中国印刷博物馆考察和学习了许多次。

展厅中的20世纪30年代的铅印圆盘机，客人可在指导下进行简单的操作，即每转一次手柄，圆盘转一周，完成一次合压、离压，这种印刷方式虽然并不算很古老，很多偏远地区淘汰这种机器的时间还不很久远，但这毕竟已成为历史。可操作的古旧印刷机增加了观者的触觉效果和直观感受。

中国台湾迄今为止还没有建立印刷博物馆，毕竟筹建一个博物馆是一个很大的国家工程。台湾印刷协会的同仁在参观后受到很大启发。如果说建一个博物馆不是一朝一夕的事情，但像这样的浓缩的小型展览是非常可行的，是可以立即为之的。

展览虽小，但它传播印刷文明的责任很重。几年来，成千上万名海内外人士通过这个窗口了解了中国印刷发展史。无形之中，华联印刷成了一名传播中国印刷文明的使者。

2010年5月10日

大凡成功者比别人多的，往往是在正确方向上的坚持。 摄影 任玉成

上：为何论身材、论力量都不占优势的狼，能够与比之高大几倍的犀牛、野猪、驯鹿等动物相匹敌？ 摄影 胡桂绵

下：或由于生活所迫无暇顾及任何改善生存状态以外的事物，或由于物质的膨胀导致精神追求的淡漠，传统文化离人们的生活愈行愈远。 摄影 胡桂绵

回家就是幸福

拥有了自身稀缺的东西，就是幸福。生活难以为计的人，拥有钱财是幸福的；终日忙碌的打工者，与家人团聚就是最幸福的事了……

看着售票处前蜿蜒曲折的长龙，听着身边的人聊如何大肆置办年货，作为北京人的我，真的羡慕。我这么说，估计会有人立马给我戴上"虚伪"的帽子。

随着外地人口越来越多，北京现在已成为一个移民城市，很难界定谁是本地人，谁是外地人。

如今在北京就业，除了公务员、大型国企高管等特殊的职业，一般单位一般职位跟户口一点儿关系都没有，北京已向所有有志之士敞开了大门。外地人口不仅在各行各业担当着不可或缺的角色，并且很多人都有长期在北京工作和生活的打算。这个不争的事实，让我觉得称这个人群为"准北京人"或"新北京人"更为贴切。这些人身上，有一股让人难以置信的精气神，支撑着他们在北京打拼、奋斗，使他们超越了很多土生土长的北京人。

前两年，早先认识的一位大连朋友，因为出色的英语水平和工艺管理特长，被北京一家新兴的外资印企高薪聘用，从此开始了与家人两地分居的生活。

作为"地主"的我，担心她一个人生活会感到寂寞，一直频繁地与她保持电话联系，而每次电波里传递出的，都是她特别轻松、毫不寂寞的状态。她说："工作、休息，这就是我在北京的任务，不想别的，也不寂寞。自己已快到知天命的年龄，已经降低了标准，除了做好这份喜欢并且薪酬不菲的工作，我把每月能回大连的家当成了最期盼、最幸福的事，只要回家、在家就是幸福。"

这一席话，让我完全相信她释然的心态不是强装笑颜。只身在外的孤单、寂寞，被她心甘情愿地用这份对幸福的期盼轻松化解。这是怎样的一份充盈和自满的幸福啊！

声势浩大的春运返乡大军中的每一位成员，不都是在奔向幸福吗？

每年春节前十几天，运输公司、手工制作等外地人集中的领域，都会不假思索地闭门谢客。到这个时候，钱可以不挣，家不能不回。

我们这种准北京人和新北京人占到80%的企业，每年无论怎么强调法定节假日前后按时上班，总有很多员工早已订好了提前三五天甚至更长时间的车票，节后上班第一天更是只有不足半数到岗。公司严格时，竟然有人以"不让请假就辞职"相威胁。

此种状况下，我通常选择"睁一只眼闭一只眼"，因为不能改变的是，除了管理者的角色，我更是一个拥有真情实感的普通百姓，我能理解这些游子们思乡的情结，还真心希望每个人与家人团聚的心愿都能如愿以偿。来北京打拼，使他们拥有了发展的空间和增长的财富，但这些都不能代替那份血浓于水的亲情。看到行色匆匆的返乡人流，特别是，看到与我女儿同龄的年轻员工买到回家的车票后的欣喜若狂，我不禁在想，回家、团圆，对于任何一个家庭来说，都是人生最幸福的事了。

当然了，除了期盼的酸楚和等待的焦虑，亲人暂时的天各一方也会因距离产生美好的感受：与家人久别后相逢的欣喜和激动，衣锦还乡给家人带去骄傲和满足，这些是本地人无缘亲身体会的。

2012年1月16日

人一生都在追求幸福，而幸福往往与金钱无关，与地位无关，更与退休与否无关。 摄影 高海军

狼道，生存之道

——《狼道——强者的成人礼》读后感

　　狼，凶残、贪婪、嗅觉敏锐；狼，讲求协作、遵守纪律、个人服从于集体。

　　越来越多的企业认同狼性文化：在残酷竞争中生存的法则……

　　狼道，可以理解为狼生存的道理。在自然界"适者生存"和"大鱼吃小鱼"的环境中，为何论身材、论力量都不占优势的狼，能够与比之高大几倍的犀牛、野猪、驯鹿等动物相匹敌，从而在森林、荒漠中生存数万年？是强烈的竞争意识和生存意愿，以及由此而产生的坚韧、顽强、专注精神和团队力量。

　　人不可与狼相提并论，但人缺乏狼所具备的一些优秀特质，确是事实。自我，散漫，缺乏激情，缺乏合作精神的人在生活中、职场上比比皆是。

　　随着市场经济的到来，随着激烈的全球化竞争，商场、职场的竞争法则与自然界的生存法则一样，不进则退，不胜则败。因此，企业要成为强者，需要有强烈的拼搏精神，需要调动一切潜在的生存能力。已有越来越多的企业将狼性文化作为企业文化的精髓，因为狼的精神，是智者精神、强者精神，更是成功精神。

　　《狼道——强者的成人礼》这本书，除了剖析狼、狼王、狼群的生存习性，更引入大量现实的成功案例。作者通过对优秀企业的长期研究，使每一个案例都十分鲜活和有生命力，让人们清楚地认识到，企业的成功不在于技术、规模，而在于精神，而狼性精神正是众多企业成功的原动力。建立狼性文化、注入狼性精神，需要每一个人的改变，更需要"狼王"——企业管理者的智慧。

作者并非管理学大鳄，正因如此，本书从狼的习性特点到成功企业的狼性文化，从当代社会现象到古今中外成功故事，娓娓道来，显得那么自然、流畅、顺滑、透彻，让人产生强烈的认同感。本人用三天时间一口气读完，备受震撼、鼓舞和振奋。

生存就要拼搏。希望此书能够唤起您对事业、对生活不懈的追求和持久的热忱。

2012年4月12日

随着市场经济的到来，随着激烈的全球化竞争，商场、职场的竞争法则与自然界的生存法则一样，不进则退，不胜则败。 摄影 高海军

记忆的珠链
——《朝霞——整理行囊是为了下一站更远》序

记忆的储物箱，里面装满了过往岁月的喜怒哀乐。用文字作为绳线，将它们串成长长的珠链，你会发现，即使痛苦的记忆也变得如珍珠般美好……

从价廉的金属，到昂贵的珍珠，女人喜欢各式各样的珠子，更喜欢各式各样的珠链。精心的女人还喜欢记忆的珠链，把散落的记忆用一根绳线穿起，无论是其过程，还是其结果，都是愉悦身心的。

我喜欢用文字串成记忆的珠链，朝霞也喜欢。我们并非因为这一共同的爱好成为朋友，却缘此多了话题，多了沟通，多了了解和信任。

我们这个年龄段的女人，应该是惜时如金的，因为女人美好的容颜真的会被时间的"恶魔"所损毁。同时，我们也是不落俗套的，我们关乎自己的容颜，更关注自身的职业价值。

朝霞这八年，无论之于容颜，还是之于事业，都是她人生中最最美好的年华。

从容颜上，朝霞爱美，美得潇洒，美得自由，美得赏心悦目。她说，女人一定要对自己好一点，不同阶段要活出不同的美丽，这与我的价值观完全一致。

在事业上，虽然还没有走到太高的管理岗位，但她已经有了太多的积累和准备，我相信她会厚积薄发，前途坦荡。

这八年，3000多个日子，关于美，关于工作，关于职业，关于生活，关于师长，关于朋友，关于同事，她有太多的话要说，却又不知如何说起。不过还好，她不是喜欢记忆的珠链吗！斑斑点点的记忆早已串成了小的珠链，把一个个小小的珠链再串成这个大的珠链，享受这个过程，更拥有这个珍贵的结果。

　　原以为自己写作的"高产"顾盼左右而无敌，没想到朝霞的文字不仅更多，文风和主题也更随性、任意、洒脱，她完全是在抒自己之情、感自己之慨，从不在乎别人怎么评价。这即是一种写作习惯，也是一种人生态度。

　　愿这个记忆的珠链让你的人生更加饱满和充盈。

2012年4月22日

人生得一知己，足矣；职场遇到伯乐，幸哉！　摄影　孟昭恒

容颜不可改变，但内心可以塑造，而人能够长久打动他人的，正是从内心释放出来的胸怀、素养和品位。 摄影 孟昭恒

入乡随俗

僧众用斋和我们这些"俗人"大不相同，它是一种既定程序和修行。我不通佛道，在有机会身临其境时，竟自然而然地入乡随俗了……

去过不少寺庙，却是第一次到五台山，那是2012年4月的一天。

由于车在路上出现了故障，等待调换车辆耗费了时间，到达五台山显通寺的时间从预计的10:30推迟到了11:15。要10:30到达，是为了确保11:00与庙里的和尚们"共进午餐"。

虽然迟到了，但因为山西臣功于总的"关系硬"，我们还是被破例允许进入了斋堂。由于已经过了饭点，陆续来"过堂"的和尚已经不多。

我们一行人被要求顺序入座——只能顺序入座，四五条可以坐三个人的长条板凳首尾相接，中间没有空隙，除非抬腿跨越，否则入座及离座都只能集体依次行动。两排人面面而坐，中间隔着各自面前的桌子，两个桌子中间有过道，方便送饭时左右兼顾。

膳堂能容纳300多人。此时除了我们十余人，还有几个和尚在不远处吃饭，除了碗筷发出的轻微的碰撞声，没有任何其他声音。没有人提醒，进入到这样的环境中，大家自然而然地融入其中，虔诚地、静静地在座位上等候。

服务的和尚看上去也就二十几岁。他们工作很熟练，说话不多，声音不大，但很清楚，和见到过的所有和尚一样，五官端正，表情平和，听说除了修行使然，初入佛门时的面试也是非常严格的。先是两人配合完成分碗（准确地叫做"钵盂"）——每人两个碗、一双筷子，我依稀记得20世纪70年代家里也似乎用过这样的大碗。碗统一扣摆在桌的外侧，可能是为了分餐方便。

过了片刻他们便分别提着木质饭桶来分餐，两人一前一后，前面的给每人的一个碗中盛上一勺汤，主料是紫菜和粉丝；后面的那位给另一个碗盛的是炒圆白菜。远远地看到和尚们吃的主食是黄颜色的馒头，不过分餐的和尚说要给我们煮面条，可能是我们这些不速之客打乱了他们的计划。在等面条的五六分钟里，和尚告诉我们要先吃掉碗里的食物，否则一会儿面条没地方盛了，不会再给多余的碗。这要是在外面，肯定所有人又会叫喊起来，然而，大家都懂得"入乡随俗"的道理，并且这还不是一般的"乡"和"俗"呢，是必须要"随"的。

一会儿，面条来了。和尚让所有人将碗放到外侧，还是用勺子，将煮得很软的细面条放到每个人的碗中，分量很小，不过他会第二次甚至第三次过来。如果需要，他会添加，目的是绝不能浪费。

远处零星几个"过堂"的和尚，他们有的独自进餐，有的两三个人排坐在一起。无论是一人，还是两三个人，用餐过程中每个人都旁若无人、自顾自的埋头吃饭，整个过程更是一言不发。吃完饭，将自己的两个碗到水池洗刷干净。

所谓过堂，是出家人吃饭的别名。据说，过堂是出家人一天中重要的功课之一。在出家人看来，一次过堂就是一次净化心灵、增长福慧的过程。在过堂时，碗筷都不许有声音，更不许讲话。过堂时，住持和尚坐在堂中法座上，僧众在两边就座。饮食之前，先要敲挂在寺庙走廊上的大木鱼（梆）和葫芦型铁板（云板）。梆是吃饭号令，又叫长鱼。遗憾的是我们到得太迟，并没有看到这个过程。

大家都自觉地把饭菜吃得干干净净，都吃完了，坐在两头的人起身后，其他人依次离开。和尚刚开始要求我们吃完饭要"自己刷碗"，估计后来请示了"领导"，怕我们刷不干净，取消了这个要求，他们径自把钵盂收了去。

这可是正宗的斋饭、免费的午餐、难得的体验，是一般游客花钱也难以办到的。有信佛之人往功德箱里投入了钱币，不信的或无心的错过了也无妨。本人既未学佛也不信佛，此次吃斋，能体会到修行者的一些清规戒律，也只为皮毛。

此行还有机会与一位僧人进行了面对面交流。据说，数年如一日吃斋念佛，是一心向佛者的修行之道之一，重要的是要按照佛门的清规戒律全面修行。

在中国，佛教是最主要的宗教，大小庙寺星罗棋布，佛徒众多。佛教的管理，便是用佛门独有的"清规戒律"。

清规与戒律，是针对"寺院僧人"和"佛教教徒"这两种不同对象来制定的。僧尼是"出家人"，佛徒是"在家人"（"居士"，指在家信佛的人）。在实际执行清规戒律时，"内外有别"，即在寺院里僧尼和居士"一视同仁"，但在寺院外则灵活变通，即僧尼必须严守清规戒律，而居士则不必严守。

按照佛门持戒的目的，无论是"出家人"还是"在家人"，除了要严格遵守清规戒律，做一个心、口、意三业善行的好人，求得自身解脱、"六根"清净之外，更重要的还在于普度众生，广为众生造福，以推动整个社会的进步，达成"净佛国土"的行愿，使自己成为菩萨道者，甚至直达"成佛道"。这就是菩萨持戒的精神所在，也是佛门弟子持戒的根本目的。

2012年4月18日

上：一个快乐、和谐的团队形成的是战胜困难的自信和力量。摄影　周平安

下：我发现了成功者的异曲同工之处：敬业、创新、领先、坚持。摄影　胡桂绵

诗情盎然

如果说我的诗歌算得上诗歌，那也是蹩脚的、无章法的。无意追赶时髦，偶尔为之大概是因为其形式上的简单，可以信手拈来，不拘一格。

三十年风雨，三十载荣光

　　有人说，这样的诗不是文人墨客可以写得出的，因为它充满了对印刷的情感。是啊，北京印协成立30年，我与她相伴而行23年……

　　　　三千年历史的积淀，
　　　　凝结了古都文化的灵韵与绵长；
　　　　传衍着千年的文明，
　　　　现代的北京续写着华美乐章；
　　　　华夏民族的历史足迹，
　　　　让炎黄子孙的面庞写满骄傲；
　　　　曾经传统的行业，
　　　　已成传递文明播撒文化的风向标。

　　　　三十年前的王府井，
　　　　印刷文明的纽带悄然孕育；
　　　　一群志同道合的时代精英，
　　　　谱写了首都印刷崭新的诗句；
　　　　伴着改革开放的号角，
　　　　北京印协在热望中诞生耀眼光芒；
　　　　随着首都经济的腾飞，
　　　　印刷业在变革天地绽放荣光。

　　　　三十个酷暑严寒，

你见证了"铅与火"的长途跋涉；
三十个春夏秋冬，
你接受了"光与电"的科技洗礼；
三十年花开花落，
你撑起了国企改制民营崛起的蓝天；
三十年世事变迁，
你练就了振翅翱翔的丰满羽翼。

你志存高远，
立足人才兴业的百年大计，
不懈探索科技强企的永恒真谛；
你坚忍不拔，
多项措施维护竞争有序，
竭力推动传统与创意并驾齐驱；
你精心服务，
倡导清正廉洁诚信为先，
开辟了和谐共融的百花园地；
你聚焦公益，
呼唤扶优帮弱的时代风尚，
凝聚了持续给力的鲜活能量。

三十载弹指间，
你以热忱与执着，
架起了坚不可摧的思想之桥；
你凭勤勉和聪慧，
编织了绚丽多姿的心灵纽带；
你靠贴心与细心，
赢得了行业的一片喝彩；
你用创新和激情，
让印刷散发出醉人的墨香。

三十载的风雨历练，如今，
你有了而立之年的从容和淡定；
你有了弄潮未来的胆略和气量；
你有了甘为人梯的信念与梦想；
你有了奔流不息的包容与豪放。

你将振臂高呼，
冲向绿色印刷的高地；
你将纵情歌唱，
迎接数字技术的新天；
你将挥舞彩墨，
用创新思维绘出崭新画卷；
你将翩翩起舞，
以饱满激情拥抱璀璨的明天。

2011年10月18日，北京印协30年晚会朗诵

我们的生活中，到处都是仪式，伴随着人的「长大」，除了时间默默地在佐证外，还需要有一些更直接的仪式来梳理人和时间的经纬脉络。 摄影 车梅

工作中，有惊、有喜、有苦、有甜、有得，更有无数感动。摄影 孟昭恒

沙漠随想

　　置身茫茫沙漠中，除了感受大自然旷世凌空的凄美，更让人意识到人类的渺小。尽情享受属于自己的温暖岁月吧……

漫漫荒漠寥无烟，
狂风尽揽响沙湾，
万籁俱静混无际，
且闻驼铃响耳边。

茫茫沙峦一枝花，
浩然大漠一粒沙，
世事纷争皆浮云，
宁静淡远过天涯。

2009年10月12日

拥抱美丽

2011年3月8日，随手写下一首小诗，献给单位的女同胞，也献给自己……

愿你笑容总是那么灿烂，
心中又不放弃那份幸福的向往；
愿你生活总是那么快乐，
心中又不放弃那份美好的希冀；
愿你身心总是那么健康，
心中又不放弃那份甜蜜的追求。

愿你不断燃烧智慧光芒，
心灵又如在清凉的月光中沐浴；
愿你不断挑战残酷冰冷，
心灵又如春日阳光般恒久温暖；
愿你不断释放妩媚柔情，
心灵又如秋日腊梅般傲慢矜持。

愿你的步履矫健而轻盈，
愿你辛勤耕耘幸福鲜花铺满地；
愿你的灵魂充实而丰满，
愿你如绽放的玫瑰花香飘万里；
愿你的思绪放飞心宽阔，
愿你敞开心扉拥抱美丽创神奇。

2011年3月8日

漂亮与否天生已定，是否美丽却可后天改变。自信可使人焕发出持久美丽的气息。

摄影　高海军

上：让自己的人生富有内涵，才能在职场上游刃有余，才能让自己的生命对社会有益。 摄影 周平安

下：相对来说，随着年龄、经历的增长，认知的固定倾向也越明显，越容易被固定的思维模式所禁锢。 摄影 周半安

农家乐

与友人相聚于纪西铭厂长于怀柔的农家小院。相对于城内的浮躁和喧嚣，世外桃源般的清静和惬意让人认识到，幸福原来就是身心回归自然……

远离喧嚣偷得闲，
斜倚亭廊面朝天；
一壶清茶友相伴，
心净无尘自陶然。

古乐盈耳声悠扬，
葫芦箫音韵味长；
路人循声凭栏望，
小小乐队醉秋芳。

2011年9月24日

一天

这是我的一天，印刷人的一天，辛苦的一天，充实的一天，快乐的一天……

人流如织，
车流如梭，
伴着第一缕阳光，
徜徉在湍急的车河；

大路遥遥，
别枝叶落，
沿着熟悉的道路，
进入花香的院落；

机器鸣响，
工装穿着，
日初而起的工人，
开始了一天的工作；

书书如蝶，
本本如歌，
五彩缤纷的产品，
装点着首都的颜色；

窗明几净，
气味香荷，
千年古风拂面，
焕发出新的气色；

心缘印刷，
不弃不舍，
日暮的霞光伴我，
品味一天的韵歌。

2011年10月20日

在生命的轨迹中，我们不可以没有父母，同样也不可以没有朋友，有朋友的人是幸福而充实的，有朋友的人永远不会寂寞。 摄影 车梅

眺望

从办公室窗户向外望去，鸿禧长新高尔夫球场的美景一览无余……

临窗远眺弯道长，
白衣更映盛装郎，
忘却难解忧愁事，
相邀白云芳草香。

小溪蜿蜒洒阳光，
果岭挥杆显飒爽，
碧水蓝天浑一色，
尽睹英姿胜佳酿。

2011年12月3日

夏游白洋淀

　　夏末，朋友一行五人赴白洋淀。因为都是驾驶员，也因为都曾去过白洋淀，没查线路，没用GPS，不知从哪里"误入歧途"。汽车缓缓开进了原始幽静的雁翎度假村……

　　　　暖风飘香夏末吹，
　　　　疾行驰骋快乐追，
　　　　不知逍遥何处去，
　　　　雁翎鱼村入淀扉；

　　　　滴答含情水花溅，
　　　　坐享轻舟芦苇穿，
　　　　手折莲蓬羡四座，
　　　　大片荷叶遮笑颜。

　　　　　　　　　　　　　　　　　2011年8月20日

除了每个人的独当一面，是默契的配合、善意的沟通、相互的扶帮、彼此的尊重，使团队担当重任，完成嘱托。 摄影 高海军

农园

跟随朋友的前车行驶，不觉中竟然到了这里……

驱车九曲又八弯，
大路尽头现农园，
醉里不知身何处，
硕果满园如梦焉。

红椒似火骄阳艳，
大大南瓜接地面，
葫芦参差顺天意，
世外桃源棚篱间。

2011年9月4日

他乡感怀

独自漫步在山东大厦园中，一丝孤单被朋友来自千里之外的短信驱散……

夜色幽幽清风吹，
独在他乡自徘徊；
倚花惊闻"嘀嘀"叫，
片刻孤单顷刻飞。

2011年5月31日

人生最离不开的是人，最好的学习渠道是向身边的人学习，因为这是最生动的教材。 摄影 孟昭恒

今日歌

　　一位朋友告诉我，将"一辈子"换算成"天"不过三万天，我愕然了。活在当下，活在今天……

注目于今日，
因为生命在于今日。
在今日这短暂的历程中，
蕴含着生命全部的现实和真理。

昨日是散去的云烟，
昨日是逝去的夕阳，
昨日是照片上的欢笑，
昨日是大脑中残存的痕迹。
昨日已是历史，
是不可修复的记忆。

明日是心底勾勒的蓝图，
明日是盒中丝滑的巧克力，
明日是动画片里的爱情故事，
明日是对一切美好祈望的呓语。
明日只是假设，
是尤未可知的梦幻境地。

只有今日，
掌握在自己手中。
今日像一把刀，
雕琢着人生的巨石；
今日像一只笔，
描绘着生命的轨迹；
今日像一架琴，
拨动着灵动的音符；
今日像一首诗，
吟诵着一分一秒的美丽。

对于今日的放任，
将使昨日因为懊恼而痛楚，
使明日因为悔恨而哀怨。
对于今日的把握，
将使昨日成为幸福的回忆，
使明日实现更多的希冀。
对于今日的珍惜，
将使每一个昨日为明日积淀，
使每一个明天成为今天的延续。

三万个今日，
汇聚生命的长河，
三万次把握，
谱成生命的颂歌。
今日是生命中的生命，
今日是稍纵即逝的过客。
好好珍惜今日吧！
只有今日才赋有生命的鲜活。

2011年5月12日

上：知道认真把握每一次选择的机会的年轻人，必定会在不远的将来成为企业的栋梁之才，实现个人价值。 摄影 周平安

下：人的职业生涯旅程，是一个吸收与释放的过程。 摄影 任玉成

初雪

2011年冬天的第一场雪后，我独自走在亦庄的街上，人迹的稀少让我可以静心地感受……

静静地
凝视无人的窗外，
雪如银丝一般
急促地从天空
滑落下来，
仿佛带着"啦啦"声。
这一刻，
人的思维定格在童话般的
宁静与浪漫。

独自地
置身静寂的街中，
无人践踏的偏僻小路
被薄薄的雪
覆盖着，
小心地踩下去，
发出"吱吱"的声响，
留下一串印迹。
贪婪地吸吮着清新的空气，

没有尘埃，

远离废气。

路侧的落叶残枝，

穿上了雪白的衣纱，

若隐若现的美丽。

挺拔的松枝，

留住了不速之客，

秀着娇柔又壮美的身躯。

深呼吸，

清凉冰冷的空气

顿入心脾，

与炽热的心

融为一体，

畅快淋漓！

2011年12月3日

这个世界本不缺少美，而是缺少发现美的眼睛；人与人之间并不缺失爱，而是缺失感受爱的心灵。　摄影 高海军

凤凰印象

　　看多了北方的粗狂、沙尘、干燥，湘西小镇凤凰之美让人兴奋、迷恋、陶醉⋯⋯

　　　　细雨沁润石板巷，
　　　　碧波幽幽泛沱江，
　　　　青山掩映吊脚楼，
　　　　倒影阑珊醉秋芳。

　　　　蜿蜒古墙显沧桑，
　　　　婀娜虹桥披霓裳，
　　　　苗家百年桃源乐，
　　　　捕鱼织布对歌忙。

　　　　　　　　　　　　2012年4月12日

金色十年

2002~2012年，我先后在中华商务旗下的北京华联印刷和北京银牡丹印务供职。这是我职业生涯的黄金十年，其间有成长的艰辛和泪水，有成熟的淡定和从容，也有成功的喜悦和快感。

十年

2012年2月20日是我加盟华联印刷十周年的日子。当天，恰逢公司举行每年一度的升旗仪式，站在队伍中的我沐浴在清晨灿烂的阳光下，浮想联翩……

清晨
乍暖还寒，
春风
轻柔地拍打着我的脸颊；
干净的阳光
洒落在我紫色的衣裳上，
纯正的艳丽。
仰望着
飘展的红旗，
回望着
那一路走来
宽宽窄窄的阶梯。

十年前的今天，
趋车来到遥远而空旷的亦庄，
拐进优雅的听涛小区，
一间临时指挥部，
成了我新十年的起点，

开始了抹不去的
浓浓淡淡的记忆。

从泥沙飞扬，
到掘土机的轰鸣作响，
我亲历了一座高大建筑拔地而起。
从一张白纸，
到杰出画作，
我见证了一个企业发展的神奇。

曾经跌倒，
曾经哭泣，
曾经后悔，
曾经迟疑。

多少次友人的帮扶，
让我站上更高的阶梯；
多少次成功后喜极而泣，
让生命因旋动而美丽。

体会了创业的艰辛，
体会了守业的不易，
任凭激情挥洒，
尽情诵读肺腑的诗句。

所有的经历
汇成了丰富的人生轨迹，
走过了坎坷，
印刷在我心中
绽放出动人的魅力。

人生不过几个十年，

我默然祈祷

生命之路是洒满阳光的通衢，

但我相信

即使面对崎岖荆棘

我也不会放弃，

因为

这黄金十年

我已经历了人生最重要的磨砺。

女儿的成才，家人的安康，亲朋的友善，相濡以沫的爱侣相伴是最大的幸福。　摄影　孟昭恒

那次面试

这是我工作十多年来的一次面试，也是我有生以来的第一次面试。得到命运的垂青，是因为我准备充分吗……

十年前的一天，在车公庄附近一座酒店的大堂，刚刚在比邻的中国印刷总公司开完会议的陈均先生和张林桂先生已如约在那里等候，我也准时到达。如果这次约见算是面试，那么这是我有生以来第一次面试。

大学毕业后的第一份工作是很顺利谋得的。

那是一个有着很好背景的国有企业，当时印刷的都是港台作家的畅销书，比如当时海峡两岸的学生必读的三毛系列小说，经济效益和社会效益都有卓著的表现，时任总经理的赵恒田先生也以思想超前、管理创新遐迩闻名。一个偶然的机会，他了解到武汉测绘科技大学培养印刷专业大学生，于是通过上级主管部委要了接收指标，并希望招收一名，他派企业人事经理到我就读的大学调查了解情况。由于我是北京生源，在学校还算个活跃分子，当过班长和团支书，学习成绩中等偏上，这些似乎符合了他们所有的条件，于是很快决定录用我。

有人说，人生就是在不停地做选择，就这样，在似懂非懂中，我做出了人生最重要的一次决定。与其说我把握住了人生最关键的一步，不如说我得到了命运的垂青。

踏上工作岗位的我还是很幸运，遇到了几位好的领导，在他们的栽培和提携下，毕业10年时，我已是该企业三名高管中的一员。又过了两年，隐约感到缺乏了前进的动力和行动的目标，漠然、茫然，我明白，这是自己的职业生涯遇到了瓶颈。这时，一位朋友的朋友找到我，希望我能帮助管理他们投资的一家印刷公司。这是北京最早的一家民营企业，曾经有过一段令人艳羡的拼搏发展史，红极一时。但随着同类企业的增多，他们愕然发现老板"看家式"的管理模式已不能给企业带来效益，后起之秀纷纷赶超之，这时，想到了让我帮一帮。

一方面感觉没了动力和方向，另一方面有朋友让我帮帮忙，于是，没有过多的考虑，也没有征求他人的意见，像大学毕业的职业选择一样，我很"草率"地就放弃了这份优秀企业的高管职务，并"编"了一个"上调"的理由，悄然地淡出了那个对我的成长意义重大的企业。随着事情的"真相大白"，渐渐出现了遗憾、不解的声音，毕竟如此年轻有了那么高的职位，还是国家公务员的编制，这在一般人眼里真是太优越了。

2001年9月，我认识了正在负责华联印刷基建工作的中华商务联合印刷（广东）有限公司副总经理陈均，并经陈总介绍与张林桂总经理认识，于是有了这次约见，它关乎我的职业是否又要有一个新的转折。

时间的脚步从来没有停止过，时代的变迁永远是一浪高过一浪。当时已经有十多年工作经历的我面对一次职业选择和变化，比现在的应届毕业生还要单纯和幼稚。没有油然而生的压力，内心毫无忐忑和不安，不是因为成竹在胸，而是没有意识到把握住一次机会对自己的前途会有多么深远的影响。

由于长期在国有企业工作，与外界接触甚少，我根本不懂怎样与这么大的总经理见面。我甚至根本不曾了解原来面试也有种种技巧，也是需要精心准备的。

没想到，陈总和张总平缓的话语、和善的表情立刻使沟通有了轻松的氛围。记不清怎样开场的了，类似"今天天气很好"、"怎么过来的"等等吧！天南海北地"闲聊"之后，中华商务和筹建中的华联印刷在我的脑海中不再是虚无缥缈，而是真实存在的了，他们也肯定地表示找到了需要的人。除了良好的专业背景，恐怕更是我身上不由自主地散发出的那份简单和真诚打动了他们，毕竟，那是两双阅人无数的眼睛。

就这样，又是在似懂非懂中，好像朋友间谈妥了一次合作，一拍即合。这次真诚的握手开启了我在华联印刷这十年珍贵的职业旅程。

对于今日的珍惜，将使每一个昨日为明日积淀，使每一个明天成为今天的延续。 摄影 高海军

从听涛雅苑迈步

听涛雅苑是我跨进华联印刷的台阶。在这里，我的人生有了新的开始……

2002年2月20日一早，在北京经济技术开发区听涛雅苑小区2门三层的两间单元房里，我正式到华联印刷上班了，工号C011，代表着我是第11个加入这个团队的人。不过细数起来，我又是第一个从两股东以外招聘来的人，先我而来的十位同事，不是从广东中商选调，就是从中方合作伙伴中印总公司选派。合资开办企业，大都遵从这个规律，即从股东方选派主要管理人员。

这个办公室既是华联筹建的临时办公室，也是华联印刷大厦基建项目的总指挥部。也就是说，这十几个人当中，一部分人为公司未来的经营运作做准备，筹备着营业、生产等主要部门；另一部分人专门负责基建工程，忙碌地往返于工地和办公室之间，应对着各种计划之内的事务和临时暴露出的问题。

华联印刷工地2001年7月15日奠基，到我加盟时，已经建设了7个多月，主体建筑框架已经形成。

总经理安排我与香港籍副总朱祖康先生一起筹备厂务部（内地叫生产部）的建设，主要任务是组织骨干技术力量尽快到位，规划好生产布局并做好设备到位后的搬运、安装、调试等一系列实施方案。人员、设备、厂房条件，一切都是从无到有，一切都在动态变化，一切又都是同一个整体中相互咬合的一环，不可能单独成立。加之设备数量之巨，要使厂务部筹备工作有条不紊是基本不可能的。

我的到来，让朱总觉得来了一个"内行"，而实际上，摆在面前的并非日常工作，而是在一个巨大企业从无到有的过程中，完成属于自己的那份职责。这对于毫无此经历的我来说，难度可想而知。

设备的布局在整个工作中是一个巨大的难点，除了要考虑产品的流动性，还要考虑生产的扩充性。因为，第一批采购的设备并不是最终确定的规模，随后还应该有第二批以至第三批设备的采购，考虑不周全势必给未来带来麻烦。随着香港中商、广东中商派出的技术人员陆续到位，我和朱总及其他同事们一道，上百次戴着安全帽在斑驳嘈杂的工地里实地测量、考察，就是为了做出一个详实、严谨、科学的规划方案。

5月开始，在内装修刚刚完成、外体施工还没有结尾的情况下，半年前由总公司统一订购的设备纷纷到厂，设备的安装就在这样不具备条件的情况下展开了。是工期拖延了还是设备定早了？都不是，一切都在按预定计划进行。虽然动力电一个月后才能接通，但设备从到厂、拆箱直到搬运、就位还需要一段时间；虽然仍然进行着的施工为设备的搬运带来难题，但这些通过想办法是可以克服的。设备与工程赛跑，人与时间赛跑，这混乱不堪的安排，而是计划之内的日程，它也正是华联印刷项目指挥者的高明之处。

首先到厂的是印前设备，而这部分的规划、布局和组织安装正是由我具体来负责。在一个开放的环境中，印前设备的安装既要考虑使工作流程最短，还需要自然划分出几个区域，如制作区、输出区。同时，局域网的搭建不仅更加专业，也是印前中心数码打样、CTP等这些在当时很超前的数字化设备能否正常运行的关键。在有实际运作经验的主管还没招聘到位的情况下，总公司的技术人员Apple小姐和时任北京印刷学院老师的陈亚雄教授担当了重任，使印前设备的安装、调试和培训、验收都如期完成。

作为此项目负责人，我也在与大家一起工作、共同决策的过程中增长了不少见识。

2002年7月15日，是工程奠基一周年的日子，这一天，生产设备铃声的按响，标志着华联印刷这艘舰船开始起航。从奠基到试运行，从挖土机挖出第一抔土到设备印出第一张纸，整整一年时间，一座26000平方米的漂亮建筑物挺拔地矗立在了开发区东环北路，与鸿禧长新高尔夫球场蜿蜒的小溪和碧绿的草场遥相呼应，形成了一道绝佳的风景。不仅如此，工程项目不到一年的建设速度也创造了北京地区同类项目的奇迹。

　　8月16日，浩大的开业典礼吸引了国家领导人和行业内外高端人士的高度关注，除了斥资2亿元的大额投入，更因为公司传承着商务、中华血脉，承载着他们对中国印刷业做大做强的希望。自此，华联印刷像一颗夜空中的明珠，璀璨夺目，光亮照人，连续十年吸引着人们的眼球。

　　这就是一个大型企业从无到有的故事。我肯定不是这个故事的主人公，但即使是配角也已经很值得庆幸。就像刚出道的艺人，有了舞台，就有了表演的机会，就会有观众。这是如今回头看时才油然而生的顿悟。

都说写作是孤独的，可我觉得写作让我快乐而且丰富，可能这就是专职写作与写着玩玩儿的区别吧。
摄影　周平安

港人的优势

以前只听说过，如今却有机会与香港同胞一起工作，从他们身上，我知道了什么是职业精神，什么是干一行爱一行……

朱祖康副总是我到华联后的第一个香港工作伙伴。我上班后一个月，中商总部又从港深两地调派了一批约30名骨干参与华联建设，其中有四名香港员工，其他大部分为广东人或在广东工作时间较长的人。自此，在我的职业生涯中便有了与港人一起工作的经历，同样是转瞬即逝的十年。

离开熟悉的工作环境和生活环境，到远在千里之外的北京生活和工作，要做出这样的抉择，恐怕对于每一位港籍同事，都是要认真思量的。气候能否适应，家眷怎么安排，这是他们最大的纠结。从气候上，北京的条件要差得多，最令南方人畏惧的当属秋天的"风沙"了。

以前听说有人患咽炎或哮喘，在北京基本成了"不治之症"，干脆迁至南方生活，的确奇迹般地不治而愈了，南方的气候就是这么养人。至于家眷，都带到北京，似乎有更大的困难，除了气候，还有这个小家背后的大家，以及交际圈子、子女上学等现实难题。

复杂的问题有时又是最简单的问题。尽管生活上会预测到种种困难，但作为筹建公司的元老，工作上的上升空间是明摆着的，单此一点，就足以让这些男子汉决定北上。

那时候，港深两地派来的员工从人数上占了绝对的大多数，空气中总弥漫着广东话的味道。开会或聚会时，粤语是主要的沟通语言，但为了兼顾我等个别不懂粤语的人，他们经常会时而哇啦哇啦相互说起粤语，时而又转向我等不懂粤语的人说着蹩脚的普通话，让我体会了一把足不出户如同置身港深地区的感觉。

只身来到北京的香港同胞，为了缓解生活的枯燥，隔三差五就要一起吃饭聚餐，而对于长期有稳定规律生活的我来说，最恩赐的是下班后尽早回家而不是在外吃饭闲聊。作为这样一个团队中的一员，八小时之外，还真有点儿融不进去的感觉。

慢慢的，他们身上与众不同的东西打动了我。首先，别看他们三十几岁的年龄，对印刷工艺的熟悉程度超乎想象。我虽然也曾在车间干过两年，但跟他们比起来，我的那点儿本事只能算是蜻蜓点水。他们大都从十六七岁开始做学徒，然后一步步提升至助手、领机、带班、主任，这可是实打实的硬功夫啊！香港人自我约束能力强，肯钻研，做事扎实、诚信，不好高骛远，他们严谨、高效的工作，与内地一些人散漫、扯皮、推诿的作风形成鲜明的对比。

其次，他们的敬业精神也值得赞赏。这几位香港同胞分布在生产部及各个车间，他们十年如一日工作在基层，至今仍未完全脱离生产一线，却没有半点儿抱怨、懈怠。在他们心里，生产一线既是公司的心脏，也是他们赖以生存的基础。收购初期便派到银牡丹负责生产的香港经理，很少坐在办公室，而是永远在公司厂区的各个角落，随时发现和纠正着各式各样的问题，这与以前的管理人员大相径庭，让银牡丹人无不信服。他们所追求的不是职业的广度，而是生命的深度；浑身自内而外散发的，是一种超然、坦然、踏实、乐观的生存状态。

打动我的，更重要的是他们对家庭的那份担当。十年，对于不同年龄段的每个人都是弥足珍贵的，因为人生充其量有八九个十年。而他们这十年，有的儿子从十年前的咿呀学语到小学四年级学生，有的孩子从学生到工作，培养、教育孩子的重任全部压在妻子身上。

朱祖康副总虽是香港人，但他到华联之前一直在深圳、东莞等地工作，此番派往华联，他毫未迟疑。在他的心里，男人就是要事业为先，哪怕明知困难重重、四海为家也要欣然接受。对此，他们的歉意和不安就像深埋心底的一道难解的谜题，努力工作，保证稳定的工作和薪酬，这算是他们对家庭最大的贡献和补偿了。

至于他们能如此稳定地、敬业地工作在基层的个中原因，以我的浅薄认识：其一，由于成本原因，香港企业纷纷迁往内地，工厂越来越少，想不出港谋到合适的职业，是颇有难度的；其二，香港是一个充分市场化的市场，相对于内地，职工的职业素质明显胜出一筹，他们更能做到干一行爱一行，有执着的追求和忘我的牺牲精神。

这十年，香港员工对企业生产体系基础管理的作用虽不可量化，但在他们的带动下形成的管理文化已悄然渗透到企业的各个角落。

时至今日，华联印刷仍坚定不移地聘用着香港人，并且从生产技术领域延伸到了财务等其他专业领域。虽然他们的薪酬远高于内地同级别的主管，但没有人怀疑公司为这份高薪酬埋单的价有所值。

最大的贫穷是精神上的贫穷，最大的富有是精神上的富有。 摄影 任玉成

技多不压身

俗话说"技多不压身"，应该解释为人有纵向和横向两个发展方向，或在某一专业领域深度钻研，或在各个领域都有所涉猎……

从进公司开始，我的头衔一直就没有少于两个。2002~2004年，厂务部副经理兼快印部经理；2004~2005年，快印部经理兼公关部经理，2005~2006年，总经办主任兼蓝色正点公司经理。在这期间，我就好比是个万金油，角色一直在变化，但却很难有质的提升，这算不算技多压身呢？

厂务部就是内地的生产部加上所有生产车间，这一个部门的人员占了公司总人数的70%左右。在内地，一般是生产计划部与各个车间同级别并行，生产计划部只是下达和督促作业任务，在行政上并没有管理车间的职权，各个车间各自为政，随时都会产生的工作矛盾只能通过主管生产的副总经理来解决。港深地区通行的厂务部的建制则将与生产相关的各个部门统筹管理，形成一个有机整体，内部矛盾大家更愿意积极配合而不是扯皮、推诿，以促进整体绩效的提升。每天生产数万色令的印刷、数百万本装订任务，如果随时需要副总经理来协调，那估计两三个副总经理是显然不够的，这就是机制的强大魔力。健全的机制犹如机械构件的设计，有了完美的设计，各个零件各尽其责并相互咬合，即可有序地运转，如果是糟糕的设计，再好的零件"各自为政"，凑在一起仍然是一堆废物。

根据公司"精品印刷，全面印刷，快速印刷"的定位，很快，我被要求筹建快速印刷部，目的是解决小批量产品的印刷问题。使用数码印刷设备，为客户提供短版书、样书的印刷服务，这一做法在当时的传统印刷企业起到了很大的示范作用，数码设备供应商纷纷拿华联作为成功案例推销他们的设备。作为大型传统印刷企业，为客户增值服务，数码印刷的确是一个亮点，但至今还未找到合适的盈利模式让其独立运作并产生可观的效益。数码印刷是印刷发展的趋势，但传统印刷如何过渡和转型？这一命题是伴随着快速印刷部的成立而提出的，估计2012年德鲁巴展会之后，将有越来越清晰的答案。

公关部延用了香港的叫法，包含了市场部和企划部的工作内涵。这个部门的主要任务是策划和实施一系列以市场为核心的公关和推广活动，使客户随时了解公司的经营管理思路和生产能力，达到宣传和营销的目的。内地传统印刷企业主要依靠业务人员进行营销，很少设置这样专门的部门。作为从零开始的一家企业，公司的订单从试运行开始就是饱满的，除了早于公司运行半年之久成立的市场营业部的市场铺垫，公关和推广起了不可低估的作用。一些老企业竞争力在下降，加之没有好的包装和宣传，业务纷纷流向华联这样的新兴的外资、民营企业。从那时开始，我开始站上不同的讲坛和舞台，主持公司内外的各种会议、论坛。这使我的视角、视野、思维方式和对市场的认知都有了大幅度的提升，也使印刷专业出身的我开始了角色的转变。

2002年11月，由我创办了公司内部刊物《华联印刷》，做了24期主编，而这是之前想都没敢想过的事。没有做过，没有见过，没有人带，上来就做主编，这无异于"赶鸭子上架"。也可能是领导发现了连我自己都浑然不知的潜伏在我身上的特质，很快我发现真有点儿无师自通的感觉。但是每两月一期，兼职完成，这也着实让人领会了做文字工作的孤独和寂寞难耐。

我经常跟感到困惑的年轻员工说一句话：你现在做的任何事情都不会是白做，不一定每做一件事都有报酬，但每做一件事你一定会从中积累经验，这是你人生无价的宝库。从第1期内容的单薄、设计的生涩，到第24期的自然、成熟，她的成长犹如华联印刷的成长，也恰似我的成熟、进步。从2006年的第25期开始，由于工作的变动，不得不卸任了主编的职务。现在的我喜欢用文字转移疲劳困顿，舒缓压抑的情绪，经常沉浸在优美的文字海洋中忘乎所以。用兼职编辑24本书挖出自己的潜能，换来享用一生的爱好，这难道不是很合算吗！

还有一些工作和经历，暂不一一悉数了。

技多不压身，是金子总会发光的，但需要幸运地遇到"掘金者"。当局者迷，人的潜能往往是被别人发现的，当有一个恰当的平台和机会时，它会被源源不断挖掘出来。连我自己都不相信有着十余年专业背景的人，能把非专业的企划、编辑等工作干得出色。我做到了，并且，这些经历又反作用于我的专业，让我对印刷事业有了更深刻的理解和更独到的认识。

人生得一知己，足矣；职场遇到伯乐，幸哉！

2006年10月19日，我正式到银牡丹上班，从此结束了万金油式的角色，开始了一段更艰难、更挑战、更磨炼的工作。

记忆的储物箱，里面装满了过往岁月的喜怒哀乐。 摄影 任玉成

上：人的进步需要一步一个脚印，但如能抓住契机，如遇到并接受贵人点拨，从成功抑或失败案例中受到启发，可能很快便脱颖而出。 摄影 车梅

下：一个胸襟宽大、内心坦荡的人，总能勇敢地站上不同的舞台，而且使舞台大放异彩。 摄影 车梅

主持的喜与忧

主持过公司内外不少的会议、仪式，外人都说看我一点儿都不紧张，其实每一次主持我都从不敢懈怠……

主持，是我这十年一不留神种下的"自留地"。

由于公关部经理的身份，我开始主持公司内外的活动，小到公司内部的颁奖典礼，大到公司举办的论坛活动、周年庆典。

对内的活动对主持人没有特别的要求，谁都可以做，只是由于职责所在，我的机会比别人多了一些。

对外的活动有时会外请司仪，比如开业庆典时，就是通过礼仪公司请来了专业主持人，他们有专业基础，更能把控局面；有时也会考虑由自己的人完成。2005年8月16号，中华商务在北京饭店的成立25年周年庆典活动，就把我推到了台前。那是我第一次面对500多人的场面，我想我完全是机械地报幕而已，一字一句都不敢发挥，生怕因为没有经验捅娄子。那次主持留下了一两张照片，穿的是自己的一套紫色丝绒衣裙，自己搭配的首饰在身上不太显眼，面部像是素颜，其实是化了妆的，只是因为没有经验画得太淡了。现在大的活动主持人都会去租一套专业的行头，几百块钱一天，还要请专业化妆师，那时没有，或是不懂。

在随后的几年时间里，又先后主持了公司的一些正统的活动，比如2006年的开放月活动启动仪式、2009年的迎春文化节论坛、2011年的公司成立9周年论坛等公司内部活动。

2005年12月2日，在北京前门建国饭店举行的首届全国诚信印刷企业颁奖大会气氛热烈，掌声阵阵，这是我第一次在公司之外的大型活动中主持会议，我的搭档是蒲嘉陵教授。接到任务后，我连续几天惴惴不安，茶饭不思，先是主持的内容迟迟确定不下来，待内容确定后又约不到蒲教授，毕竟主持几百人的会议，我并没有什么把握。最后，稿子是拿到了，但与蒲教授临上台前才得以谋面，我们就在那样的情况下登上了舞台。好在老师出身的蒲教授在台上沉着冷静，在他的带动下，我们基本是严格按照主持词念的，没敢有任何放松和发挥，生怕跑题后再也拽不回来。好在颁奖晚会的首要任务是严谨无误地宣布获奖单位及请上颁奖嘉宾。

自1988年大学毕业后，我已经在印刷业"混"了23年，选我主持一些活动，都是对我熟悉的行业领导的意见。

2011年10月18日，我登上了北京印协成立30周年庆祝活动的舞台，那是迄今为止我主持过的最大的一次活动，场面之大、之隆重前所未有。以往行业类似的活动，大都是由协会领导很正统地主持会议，此次协会领导商议由我主持，就是为了让整个活动印上"时尚"的符号。

为了主持好这次活动，我着实下了一番工夫。先是主持词的起草要考虑口语表达习惯，服装从自备黑色连衣长裙到租用紫色带亮片旗袍，几次改变方案，还请了专业化妆师进行面部化妆和头发造型。

要上场了，面对这么大的、高规格的场面，说不紧张谁也不相信。关键是脚上还蹬着一双七八公分的高跟鞋，这可是我长这么大从没穿过的高度呀。好在有了那么多次的主持经验，加上对主持词的熟悉，在台上只要控制好语音、语速和语调就是成功。

活动结束，不少溢美之词涌入我的耳畔。我心里知道这其实并非主持的水平有多高，让他们眼前一亮的恐怕是我的"包装"，一幅完全舞台化的妆容。过于紧张使得表情刻板、经验不足使得语音语调不够美等不足，已经让我开始反思。在一片赞扬声中谈反思，好朋友说我"没劲"，意思是"虚伪"，可这就是我的毛病：不断找差距，不断设定新的目标。

作为一个客串主持，熟悉讲出稿上的内容，就完成了任务，因为毕竟那不是我们的专业，这么多年，我的认识就停留在这个层面。直到有一次，谢安庆教授的一句话，才让我恍然大悟，他说，主持人是整个活动的魂，活动气氛、节奏都要靠主持人来调节，主持人一定要修炼内功，才能有外在的良好展现。

人生的得与失很难预知，但又掌握在每个人自己手中。　摄影　胡桂绵

一首诗歌的挑战

闲来无事或触景生情时，偶有做首小诗的习惯，但这首诗歌的任务，却几乎把我难倒……

2011年4月，我幸运地成为北京印协成立30周年筹备组的一员，4~10月与其他几位同行一起筹备30周年系列庆祝活动。庆祝活动的一个重点是通过网站、杂志、纪念画册等，将北京印刷业30年来翻天覆地的变化展现出来，另一个重点和突破则是要联合各大企业打造一台北京印刷业的"春晚"。

说到搞"春晚"，筹备组成员们如数家珍般地悉数着他们的所知、所闻、所见，经过短暂的交流，唱歌、跳舞类节目似乎已不在话下，一台晚会的雏形也跃然纸上。我不动声色地思量着，在脑海中搜索着，脱口说出了"要有一个诗朗诵"节目的建议，在大家还没来得及发问时，我补充道，"我们公司有一个员工，诗朗得特别好，有专业的水准，而且诗朗诵也是一种艺术表现形式，它会提升整个晚会的文化品位"。

原来，在公司刚刚搞完的"红色之旅"活动中，一位员工朗诵毛泽东诗词《沁园春·雪》声色圆润，节奏铿锵，让人眼前一亮。这是一位入职不久的员工，我原本对他没有什么印象，而这次活动的表演时过多日仍历历在目，后来听说他确实是受过专业训练的。因为我的理由站得住脚，建议便得到与会人员的一致拥护，但问题是恐怕理事长写不了吧，都知道任理事长能说，写不是他的强项。

鉴于这是个有创意的建议，大家认为还是要朝着这个方向努力，起草这首诗歌的任务就自然落到了我这个圈内"才女"身上了。这对我来说可是个不小的难题啊！我没事是喜欢动动笔，但可没有写过什么像样的诗啊！写这样的诗除了文笔隽美，更要有海纳百川的胸怀和视野，还要有对印刷行业的深透理解和忠心热爱。接了任务，足足两个月时间只字未写，好在说好试试看，意思是说行则上，不行则取消计划，我因为知道了"底线"，也便了无压力。

即使不是死命令，但总不能不战自败吧，于是埋头苦干了几天，终于在7月初，战战兢兢地拿出了初稿。我自己知道，我的诗，缺少些旷达，平增了些直白，少了些慷慨，多了些温婉，尽管现代诗并没有统一的格式，更没有古体诗对仗和押韵的要求。准确地说，我自己也并不满意，单从切入点上，我就没有站在一个协会理事长的角度，可能也很难站在他人的角度来用诗歌这一高端的艺术形式来诠释这大跨度的30年。不过只想拿出来，让大家考虑这件事是否值得继续。

意外的是，大家基本认同了我初稿的内容，从内容的循序渐进、由浅入深，到文字基本贴切、准确，歌颂北京印刷业30年的诗歌已初见雏形。按照任理事长的意见，诗就按照我的角度、一个印刷从业者的视角继续完善。这号令一出，我不是如释重负，而是背负千金了，因为我已从一个起草者，摇身变为了署名作者，诗能否登上北京印协成立30年这个高贵的舞台，以什么姿态展现在大家面前，完全掌握在我的手中。我已没有退路。

就这样，我被"赶鸭子上架"，接了一个自己心里没有任何底牌的活儿。在最无助的时候，我最能依靠的还是丈夫和女儿，他们是我的忠实聆听者、建议者、激励者。那段时间，几乎每天我都会打开电脑，通读一遍，琢磨一会儿，再让他们听一遍，并且要求必须要提出意见。直到有一天，两人异口同声地说：又是你的诗！——他们对我的"骚扰"已忍无可忍。

历经了风雨，能见到彩虹，这是真的！几经修改后，这首题为《三十年风雨，三十载荣光》的诗歌，在2011年10月18日北京印协成立30周年庆祝大会上，由四位主持人朗诵，并博得了阵阵喝彩。很多人听到了"作者：胡桂绵"，纷纷向我投来了欣赏的目光。

　　作为一名从业23年的"老"印刷工作者，能够有一个抒发对印刷业情感的机会，是求之不得的际遇。诗歌的水平已经不重要，重要的是，我挑战了自己，战胜了自己。我更加笃信，人最大的对手不是别人，而是自己。

人们如此渴望健康，又是那么不珍惜健康。　摄影　胡桂绵

期待"牡丹"绽放

牡丹含苞时娇艳欲滴，盛开时傲然绽放。我更期待她绽放时的绚丽……

银牡丹是个好听、好记的名字。在初次与徐邦家先生相识时，我说"我的名字不好记，希望您一定要认真记"，他说"不用记，我已记住'银牡丹了'，以后见到你，我就叫你'牡丹'"，足以看出"银牡丹"这个名字给人的好感。

牡丹被誉为国色天香，花中之王。它五彩缤纷，雍容华贵，代表着和平、幸福、繁荣、富足，象征着蒸蒸日上，生机盎然。而银色是一个金属色，它的色彩不受光照强度和时间长短的限制，永远是那么纯洁和雅致。我不知道当时银牡丹的创建者起名字时考虑的是什么，依我的解释，"银牡丹"的寓意应为永不变色的牡丹、永不败落的牡丹、在金融界长盛不衰的牡丹。

2006年底我到银牡丹，到现在，从时间上刚好是个分水岭，一半时间在华联印刷，一半时间在银牡丹。

初到银牡丹，我首先被一幅精美的国画吸引了。那是一幅三尺见方的牡丹画作，牡丹有的盛开，有的初开，有的含苞待放，在绿叶扶持之下，节奏明快，浑然天成。几朵粉红色盛开的牡丹，花朵瓣形变化灵活、丰富，外层花瓣面积大而变化多，蕊丝舒展开来疏密有致，花瓣水分充盈，形态逼真，富有生机，几朵初开的花朵和大小花蕾更衬托出牡丹绽放时的美丽。整个画作使用透明水彩颜料，使画面有清沏透明之感受，颜色灵活自然、滋润流畅、淋漓痛快、韵味无尽。

曾在人民大会堂金色大厅的牡丹壁画前驻足，被它的气势恢弘、娇艳华贵所感动。如今的这幅画感动我的，似乎不是艺术的高超境地（我也没有谈论艺术的资本），而是艺术作品上画家所寄托的真情实感。这一下子让我对"百废待兴"的银牡丹产生了兴趣。

中华商务收购了这家叫"银牡丹"的安全印务公司，这是它们战略布局的重要步骤，以收购的方式可快速进入北京安全印务市场，与港、深、沪形成联动的生产网络，全面向安全印务领域进军。

任何一个企业或单位都有其独特的生存之道，银牡丹也一样。经过初步了解，经过民营企业管理理念的熏陶，银牡丹人市场意识浓厚，不发牢骚，不消极怠工，而是永远积极地与市场贴合在一起，视客户要求为前进的动力。经历了数次股权转让，经历了频繁的人员更迭，但无论怎样人来人往，总有部分银牡丹人在坚守，有坚守就有精神，有精神就有传承。经历了磨炼的银牡丹人的职业态度更淡定、更从容，更能坦然面对不确定的未来。这宝贵的无形资产远比那一堆等待处理的废旧设备有价值。这便是我最初从银牡丹获得的勇气和信心。

五年了，银牡丹的经营还没有"翻身"，其中最重要的因素似乎跟员工没关系，我所指的是战略上、投资上的因素。传统安全印务的变化实际要比书刊来得更快、更猛，当你还没考虑好上账单打印时，市场已经饱和，当你还固守着、猛抢着存折生意时，RFID已经历了几番洗牌。员工们永远是认真、准时地完成每一个订单，即使市场再萎缩也咬牙坚持着，即使华联的大气势完全盖住了她的光芒，她仍然在很多方面把老大哥比了下去，比如在产品包装上、现场管理上、应收账款上、废纸出售上。银牡丹的大气势在一次与华联对决的游泳比赛上表现的淋漓尽致，在那次友谊赛上，从200个人中选出的银牡丹选手，包揽了所有项目的前三名，把强大的华联选手远远甩在了后面。那记忆犹新的一幕时时在银牡丹人的脑海中闪现，不断提醒着他们：你们是最棒的！

目前，银牡丹的发展在微利经营、方向不明的大环境下将更加艰难。但我相信，历经风霜雪雨，必将迎来牡丹的傲然绽放。

上：善用手中的权力，用自己勤劳和智慧换取坦荡的幸福和无悔的人生。 摄影 高海军

下：人生就是不断遇到困难、解决困难的过程，在这个过程中，有时会陷入迷茫、困顿，幸运的话，会有一盏盏明灯照耀着前路。 摄影 高海军

十年的得与失

得与失交叠，取与舍更替，人的一生都是在这循环往复中行进着，何况10年……

十年时间，对于任何一个年龄段的女人来说，都可以说比金还重；十年的得与失，对于任何一个女人来说，也都会有各自与众不同的故事。

流年似水，一去不回。看看十年前的照片，清秀的面容，挺拔的身姿，更不容忽视的，是眼神中那份清澈和简单，今非昔比。人可以把握的事情有很多，但不包括容颜，脸上的皱纹随着时间的年轮慢慢增多、加深，再有资本的人也会束手无策，除非靠脸蛋吃饭的人冒着身体被彻底摧毁的风险用人为的方式强行改变它们。

容颜不可改变，但内心可以塑造，而人能够长久打动他人的，正是从内心释放出来的胸怀、素养和品位。

女人心中一定要有爱，爱是一种情怀。

心中有爱的女人必定坦然、充实和美丽。爱事业，对事业倾注热情，少些计较，少些懈怠，你会发现枯燥的工作处处都有秀美的风景；爱家人，这既是与生俱来的责任，也是人活在世的目的；爱朋友，因为朋友是人生这场大餐中的水果和甜点，没有亦可，但会缺少营养；朋友是人生这场大戏中的配角，并非主角但又不可或缺，否则，这出戏没法上演。

纵然皱纹悄然增多，但同时写上脸颊的，还有一份淡定和从容。原来拘谨的神情不见了，取而代之的是饱含自信的眼神；原来的毛躁、浮躁不见了，取而代之的是沉着大方的处事；原来的青涩生硬变成了今天的优雅得体；原来的遇事紧张变成了今天的处乱不惊；原来的唯唯诺诺变成了今天的大度包容。姣颜逝去，青春不再，但我坚定地喜欢今天的自己，她的身上，有沉淀的精华、内在的美丽。

都说干什么也别干印刷，特别是女人，可我在13年的基础上，又情愿地叠加上了十年。

这十年很辛苦，比别的企业的作息时间长，比别的企业的工作节奏快，一直变化的工作角色，让这十年的神经一直紧绷着。别人在香山拾级而上尽情呼吸着天然氧吧清新的空气时，我们可能在开各种名头的会议；别人已纷纷在路边、在花园散步践行"饭后百步走"的千年养生古训时，我们则刚刚驶入回家的车河。如此辛苦，但当不刻意这样总结时，从来没有想过"辛苦"二字。环境改变人，不擅于规划自己，没有"野心"的我从不设定既定的目标，但眼睛又从不俯视，而是永远仰望，仰望前方，就忘却了辛苦，这就是企业给员工施加的魔咒。

同样的起点，要到达不一样的终点，除了个人的努力，还要有成事的机会。有一个形象的比喻说，人是被平台托起的，你所站的平台有多高，你就有多高，我认同这样的说法。在华联印刷这个高平台上是很幸运的，因为在这里，我有了机会，有了提高能力和素养的机会，有了更广阔的视野和前瞻的视角，有了不断挑战自我的动力，更培养了乐观的态度和旷达的心胸。

有一位原来曾在一起工作的朋友，很羡慕的对我说，"你们（指华联等优秀企业及人）真棒！"，她指的是积极的进取心态、饱满的生活激情、乐观的生存态度，因为这些在她的周围已消失殆尽。

印刷是会让人疲劳的一个行业，特别是在企业工作。我是二十几年前的印刷专业毕业生，同专业的同学们，还在印刷企业工作的已寥寥无几。因为印刷业工艺过于传统，管理难以提升，接触面过于狭窄，收入与付出严重失调，他们选择了放弃。有的同学说过，我要用同样的努力干别的，收入和成绩要远远高于干印刷。

没有放弃印刷，并不是印刷本身的精彩吸引着我。可能因为一直在北京最好的企业工作，有种优越感推动着，不容你产生改行的念头，时间长了，印刷就从一份被动接受的工作变成情有独钟的职业了。能总在行业的龙头企业工作，像我的能力水平，放在一些新兴行业是根本不可能的。因此，行业小也有小的好处，就像鸡头和凤尾的关系。

爱好与工作相结合，应当是职业的最高境界吧！印刷虽不算是我的爱好，但也没有另外一个胜过印刷了，毕竟印刷是我可以游刃有余的一个职业。在印刷世界里，我可以快乐地工作，快乐的情绪延伸到生活当中，使生活充满快乐。不能想象每天起床后，心生畏惧地奔赴自己并不喜欢甚至厌恶的工作，来度过每天苏醒状态60%以上的时间。又有多少人不在这样的状态呢！在没有幸运地找到自己理想的工作之前，为了生存，大多数人只能姑且如此。

人生的得与失很难预知，但又掌握在每个人自己手中。成功不是一幅蓝图、一份规划、一个理想，而是一生的追求和修炼。不断超越自我，做好每一次选择，把握每一次机会，成功便会如期而至。

雪如银丝一般，急促地从天空滑落下来，仿佛带着「丝丝」声。这一刻，人的思维定格在童话般的宁静与浪漫。 摄影 高海军

《其实很美》诞生记

有时候，他人的需要正是自己价值的最好佐证。因为有人"吹捧"，所以有了《其实很美》……

我喜欢写点儿东西，一般情况下均属随性而为。

很多职业作家、记者每天就要写上万字，而我的写作量只能以月甚至年作为单位，并且谈不上什么风格、体裁，想怎么写就怎么写。

写东西恰似我生活中的一杯红酒、一杯清茶，不一定天天时时需要，但什么时候想了，就来上一杯。这十年，大大小小的文章有上百篇了，有的已在《印刷经理人》《新闻出版报》等载体上刊登。

1998年，我就开始写文章了。2005年还参与了《印刷行业质量管理体系手册》的撰写。2010年，张林桂先生退休前我与他共同总结了华联印刷8年的成功秘诀，书名为《文化·激情·创新—— 一个印刷企业成功的秘诀》，以华联印刷8年提纲挈领式的管理风格为主线，把一些思路和做法梳理归整，成为我的第一本"大作"。不过由于张林桂先生很快退休了，书也没有进行太多的宣传，本身它也是总结性质的，谈不上管理著述，也不值得推广。

2009年以后，我尝试着写一些散文、随笔，把工作中接触的人和事写出来，有的留存起来，偶尔也给媒体投个稿。都说写作是孤独的，可我觉得写作让我快乐而且丰富，可能这就是专职写作与写着玩玩儿的区别吧。冯立三老师曾有一个大胆的规劝，说"你要向着行业文化的宣传者、传播者的方向努力"，"看你的文章，你们印刷业有很多人和事是值得写、值得传播的"，"争取一年之内出个散文集"。他的这些要求对我来说只是一种假设、一种理想，我并没在意。

2011年底，我心血来潮地整理起我两三年来的散文、随笔类，把管理类的文章扔到一边，竟筛选出40多篇。于是，我对它们进行了认真的梳理，分别归类于"斯人感怀"、"闲思漫想"、"诗情画意"三部分，连同百余幅生活照片请朋友帮忙整理成册，起名《其实很美——我眼中的印刷人和事》，用数码方式印刷后限量分送给亲朋好友，作为2012年的春节礼物。没想到礼物送出立刻收到了"回礼"，好评如潮。

既然是礼，就未必很实用，好与不好的评价自然也全然不在作品本身，但我必须得接受我的满足感和成就感达到历史最高点的事实。现摘录几段朋友们的回复或短评，与大家分享：

读作著述直觉：文不长，蕴哲理；议往昔，皆心语；七色光，水几滴；信达雅，一支笔。

你的书我看了，真的很好。为你的进步，为张总培养出你这样优秀的人才，为印刷行业有你这样年轻的女经理感到非常欣慰和自豪。希望你再接再厉，越来越好。

很美，的确很美，真的很美……

很感动，为你对印刷事业的这份真诚、热爱。你是我优秀的校友，我要用你的例子教育和告诫同学们。

很难得你有这样持续不减的激情。现在的年轻人何时才能学会呢！

其实很美，是你的品格、品位、品貌、品德！

这也便是本书的原形，在原来的基础上，我新增了"金色十年"这一章，对其他文章也做了适当的删减和补充。

印刷行业不缺少活生生的人和事，只是我们太多的关注点聚焦在了技术上、管理上。

在朋友们的鼓励下、出版社的支持下，我鼓足勇气将之正式出版,作为引玉之砖，方便与更多的朋友探讨印刷行业中可圈可点的、积极向上、有血有肉的人和事。

"其实很美"这个书名是我在一分钟之内想出来的，至今还是没有比之更符合我内心想法的一个书名来替代它，即使也曾想过诸如"印刷轶事"、"印刷风景"等，最后都被我PASS掉了。因此，正式出版还会使用《其实很美》这个名字。

能够把人限制住的，只有人自己。　摄影　孟昭恒

传统文化蕴含在文字、语言、节日、服饰、建筑、生活习惯中，也存在于生活的各个细节。 摄影 胡桂绵

上：因为执行并非一种信念、一种冲动、一种行为，而是一种能力，需要时间去锻造。摄影 胡桂绵

下：人是群居动物，是在交流中获得感受，而交流是一个给予与获取的过程。摄影 胡桂绵

上：生存就要拼搏。 摄影 高海军

下：成功不是一幅蓝图、一份规划、一个理想，而是一生的追求和修炼。 摄影 车梅

跋

多变的角色

在人生这个舞台上，在职场、家庭和社会中，人扮演着不同的角色，而每个角色都有其复杂性和多变性。在职场，无论你是一名工人、职员或经理，还是一位商人、官员或艺术家，你首先扮演着职业参与者、实践者的角色，同时，也无一例外地成为了行业的观察者。

作为行业的参与者、实践者和观察者，我们对身边的事物都会有深切的体验、理解和感受，只不过表达的方式各不相同。有的喜欢挂在口头，有的愿意记在心里；有的擅长用镜头捕捉，有的偏爱以文字记录。我是喜欢用文字来记载所思、所感、所悟的这一类人，尽管理工科出身的我没有太多的文学底蕴，文字极不讲究，但这丝毫不影响我的写作热情。

整理、梳理并将一篇篇斑驳零乱的文稿如珠般串联起来，其过程的奇妙超过了写作本身，尽管写作已可以让我安然释怀。愿我的处女作似盛夏傍晚的清风爽雨般沁人心脾，为朋友们缓解一丝疲劳，驱散些许乏意。

北京印刷业有一帮喜欢摄影的朋友，他们高水平的摄影作品增加了本书的艺术品位，相信读者一定能够从中感受到印刷人对色彩的独特理解和对美的执着求索。这些精美的图片使《其实很美》焕发出别样的光彩。

　　经济管理出版社的领导和编辑给予了热切鼓励和支持，让我有胆量将自己粗浅的文字公诸于众。这股力量，似寒冬的暖流，传遍了我的全身，滋润着我的心田。

　　真诚地感谢在我的印刷职业生涯中曾给予我关怀和帮助的所有领导、师长、同事和朋友们，是你们给了我徜徉在广阔的印刷天地的勇气和希望。谨以此书献给你们。

胡桂绵

2012年11月28日